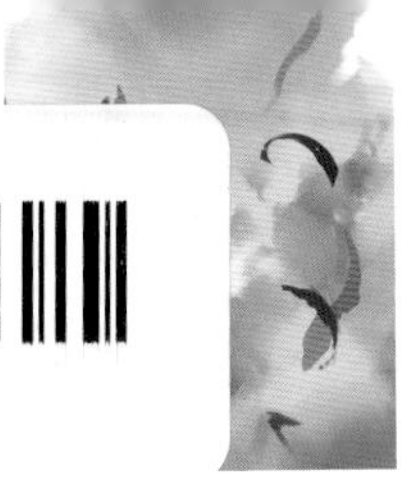

86

—不存在的戰區—

What is the biggest enemy.
For them to live.

［作者］
安里アサト

［插畫］
しらび

［機械設計］**I-IV**

EIGHTY SIX Ep.4

—Under pressure—

ASATO ASATO PRESENTS

The number is the land
which isn't
admitted in the country.
And they're also boys and
girls from the land.

Kadokawa Fantastic Novels

新設

齊亞德聯邦　西方方面軍所屬

第86獨立機動打擊群

CONFIDENTIAL
機密事項

概　要

沿革

「電磁加速砲型」討伐作戰成功，使得聯邦解救了聖瑪格諾利亞共和國，並獲得了該國國軍的優秀軍官及駕駛員。然而，共和國軍士兵原先處於「特殊環境」，無法即刻適應並編入一般聯邦軍隊。因此，軍方在此以於前次作戰中立下戰功的「女武神」為主軸設立獨立機動部隊，進行運用。

組織圖

[旅團長]葛蕾蒂・維契爾上校 ※「女武神」設計暨開發負責人

- **作戰部** ― **[總指揮官]芙拉蒂蕾娜・米利傑上校** ※轉調自聖瑪格諾利亞共和國軍
  - **作戰本部** ―（裝甲指揮車輛：「華納女神」）
    - **[管制]埃爾文・馬塞爾少尉**
    - **[管制助理]芙蕾德利嘉・羅森菲爾特** ※前極光戰隊隨軍「吉祥物」
  - **機甲班** ― **[總隊長]辛耶・諾贊上尉** ※七個戰隊共計168名人員／使用機甲「XM2女武神」
    - **[本部分隊戰隊「先鋒」]**（戰隊長：辛耶・諾贊上尉）※前極光戰隊所屬・「八六」部隊
    - **[本部直衛戰隊「布里希嘉曼」]**（戰隊長：西汀・依達少尉）※前共和國軍米利傑上校麾下「八六」部隊
    - **[第3戰隊「極光」]**（戰隊長：貝恩德・班諾德軍士長）※前極光戰隊所屬・諾贊上尉麾下的傭兵部隊
    - **[第4戰隊「雷霆」]**（戰隊長：尤德・克羅少尉）※以下為「八六」志願兵組成的部隊
    - **[第5戰隊「呂卡翁」]**（戰隊長：曆・滿陽少尉）
    - **[第6戰隊「方陣」]**（戰隊長：大河・阿斯哈少尉）
    - **[第7戰隊「闊刀」]**（戰隊長：瑞圖・歐利亞少尉）
- **研究部**
  - **「女武神」班**
  - **知覺同步班** ― **亨麗埃塔・潘洛斯少校** ※轉調自共和國軍（親屬為「知覺同步」系統開發者）

※另備齊警備班、醫療班等一般旅團應有之組織、設備及人員。
※目前為求簡便，編制於西方方面軍麾下，但預定將配合需要派遣至各方面軍進行運用。

補充事項

聯邦軍階級詳解

各軍之指揮系統序列如右（鑒於聯邦軍與共和國軍組成混合部隊可能造成混亂，因此重新記載）。

[軍官]上將＞中將＞少將＞准將＞上校＞中校＞少校＞上尉＞中尉＞少尉
↓
[准士官]准尉 ※原則上准尉不會晉升為少尉。
↓
[士官]軍士長＞軍曹＞伍長
↓
[士兵]上等兵＞一等兵＞二等兵

※軍官學校畢業生從「少尉」階級入隊，一般志願兵從「二等兵」階級入隊。
（辛等人畢業自軍官學校，因此從少尉階級開始服役。
班諾德為普通士兵，因此從二等兵往上升，現為軍士長。）

戰火依舊延續，
永無止盡。
將盡遭啃噬、吞沒。

ILLUSTRATION/ SHIRABII

MECHANICALDESIGN/ I-IV

員，卻收到了前往敵方支配區域最深處進行強行偵察的命令。

經過最後的戰鬥，蕾娜為啟程前往死地的辛等人送行。儘管只是透過相隔遙遠兩地的「知覺同步」通訊，儘管素未謀面，但無庸置疑地，他們確實曾共處在同一個戰場——

另一方面，原本注定喪生的辛等人，卻僥倖突破了軍團支配區域，抵達鄰國「齊亞德聯邦」。雖然得以安穩度日，但以戰鬥到底為自我認同的辛等人還是志願從軍，再次奔赴最前線。接著就爆發了軍團的大規模攻勢。辛感受到共和國的土崩瓦解，認為蕾娜已無生存的可能性，也對於自己戰鬥的意義感到迷惘，精神狀態漸漸失常。他進行了激烈的追擊戰，並討伐了對聯邦造成威脅的軍團「電磁加速砲型」，但空虛的勝利卻徹底擊垮了他。然而，此時出現在他面前的，竟是他以為已死的蕾娜。她懷抱著昔日辛賦予自己的堅強，經由通訊對辛道出心聲，讓他得以重新發掘出自己戰鬥的意義。

然後，兩人終於得以奇蹟似的相會——

EIGHTY SIX

STORY

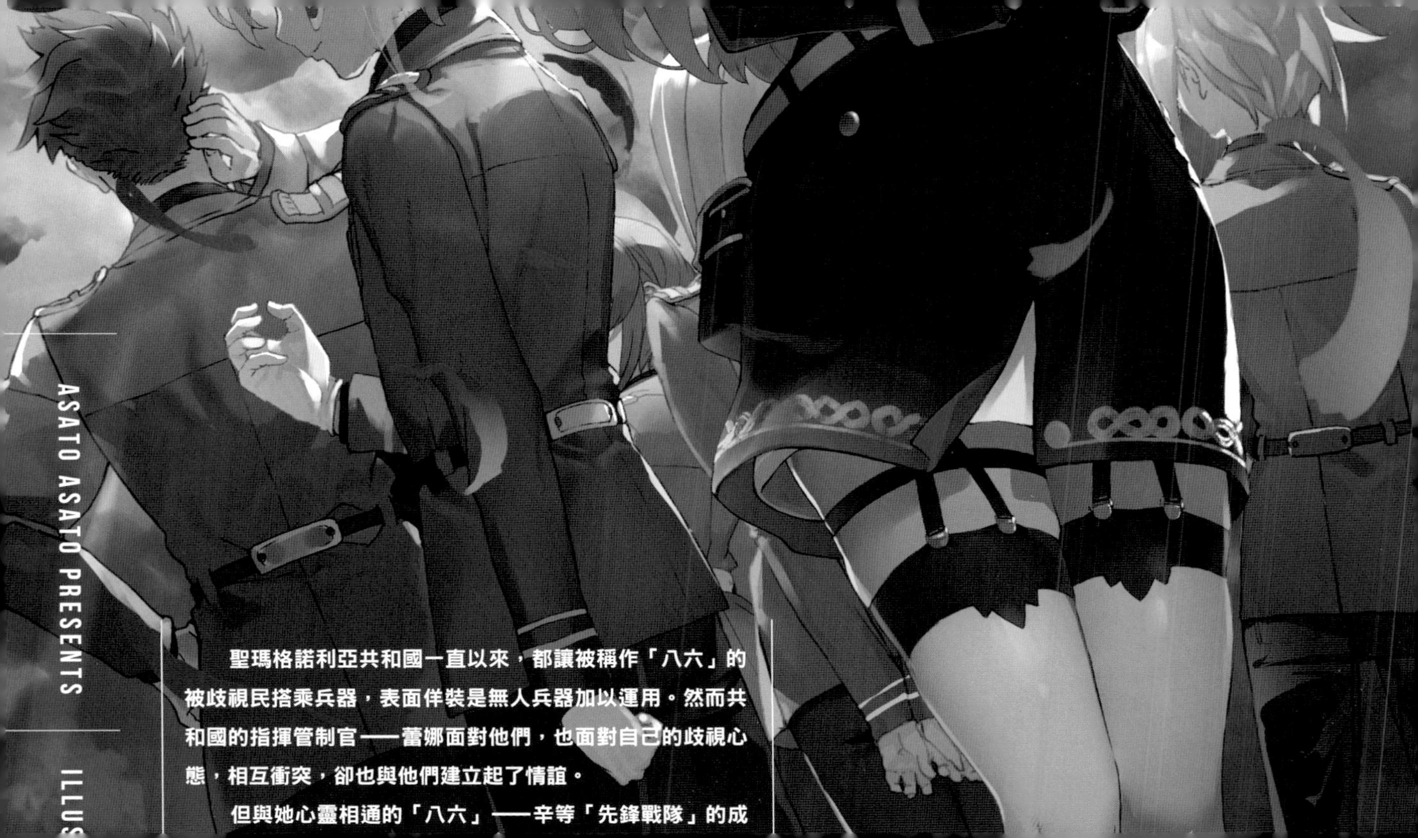

ASATO ASATO PRESENTS

ILLUS

聖瑪格諾利亞共和國一直以來，都讓被稱作「八六」的被歧視民搭乘兵器，表面佯裝是無人兵器加以運用。然而共和國的指揮管制官——蕾娜面對他們，也面對自己的歧視心態，相互衝突，卻也與他們建立起了情誼。

但與她心靈相通的「八六」——辛等「先鋒戰隊」的成

他們的渺小意志，渺小情感——

新的夥伴，新的羈絆。
然而，和平的日子不會到來。

86
WHAT IS
THE BIGGEST ENEMY.
FOR
THEM TO LIVE.
The nu ber is the land which isn't admitted in the country.
An they're also boys and girls from the land.

敵人是共和國。

——芙拉蒂蕾娜・米利傑《回顧錄》

序章　任務中迷失

——麗塔。

小時候玩在一起的那孩子，都是這樣稱呼阿涅塔——亨麗埃塔．潘洛斯。

阿涅塔自己也不知道是從什麼時候開始的。但就她所記得，那孩子一開始就是這樣叫她，而且真要說起來，感覺回過神來他們就玩在一起了。兩人就是這樣的關係。

大概在剛學會講話，咬字還不清楚的時候，亨麗埃塔這個名字可能並不順口。實際上阿涅塔也是唸不好「辛耶」這個以共和國人而言少見的那孩子的名字，因此都暱稱他為辛。兩人自從那麼小的年紀，就總是在一起。

他是個愛笑、活潑的孩子。

因為有個年長許多的哥哥很寵他，以他當時的年紀來說，是個愛撒嬌又愛哭的孩子。現在回想起來，可以清楚知道那是因為所有家人都真心愛他，他才會成長成那樣無憂無慮的善良小孩。

因為就住隔壁，兩人每天玩在一起，時不時會吵架，隔天就言歸於好，然後又玩在一起。兩人是對方最好的朋友，好到讓阿涅塔漫不經心地相信，即使長大了也一定能永遠維持這份友誼。

但十一年前那個命運作弄的日子，讓阿涅塔永遠失去了他。

她本來是這麼想的。

走下運輸機，阿涅塔看到有齊亞德聯邦的軍官在等她，大概是來接她的。

阿涅塔一看，微微瞇起白銀色的眼睛。

那種重視實用且具威嚇感的鐵灰色軍服，跟聖瑪格諾利亞共和國軍設計洗鍊的深藍軍服完全不同。那人帶著配槍套稍微偏大型的自動手槍顯得毫不突兀，在春日陽光刺眼反射的跑道上，眉毛都不抬一下，像個鐵灰色影子般站著。

據說聯邦面對「軍團」的攻勢，這十一年來始終挺身迎戰。這位軍官也無言地面現出他的戰場閱歷，細瘦身軀宛如野生動物般經過鍛鍊，軍帽下的眼光冰冷透徹。

然而，他的實際年齡恐怕與阿涅塔相差無幾。這大概就是把本來應該在任官前接受的高等教育，變成一邊從軍一邊就學的聯邦軍特有的少年軍官——特軍軍官了。

把自家國民定義為人形家畜並趕上戰場的共和國自然不值一談，但是……看來聯邦也非得用這種幾乎有違人道的手段，否則就無法再維持住戰線。

對方在阿涅塔的視線下，用訓練有素的俐落動作敬禮。

「您是亨麗埃塔·潘洛斯少校，對吧？」

「對。」

「我是來接您的。」

嗓音給人的印象與眼神相同，是帶有拒人於千里之外的平淡聲調。只具備迎接來自外國的客座軍官時，勉強達到最低要求的禮儀。

這樣比較好，她可不想跟他們裝熟。

……因為自己沒有那種資格。

不同於原本就以白系種占人口多數，而且自十一年前起，國內就不再有白系種以外人種的共和國，聯邦自古以來即為多民族國家。這位可能是夜黑種與焰紅種的混血，對方有著漆黑髮色與血紅雙眸。阿涅塔悄悄別開了目光。

巧的是……這些特徵與她那兒時玩伴一模一樣。

「是嗎，謝謝。」

正值壯年的軍士長機敏地走來身邊，阿涅塔便將隨身行李箱交給對方。

然後她瞥了一眼軍官：

「上尉，你還沒告訴我你的名字。」

阿涅塔確認過衣襟的階級章後問道。

跟民航飛機不同，軍用運輸機內部噪音很大，座椅也只是鐵管組合成的椅子，又小又硬。在這種環境裡待上幾小時的疲勞，造成她的口氣聽起來意外地帶刺。

「失禮了。」

然而軍官顯得毫不介意。

他淡然地點頭，又淡定而平靜地回話。

用冷漠透徹，拒人於千里之外，應付隸屬外國國軍的陌生軍官時使用的眼神與口吻。

講出了他的名字。

「我是隸屬第八六獨立機動打擊群，戰隊總隊長兼本部分隊『先鋒』戰隊長，辛耶・諾贊上尉——潘洛斯少校。」

EIGHTY SIX

The number is the land which isn't admitted in the country.
And they're also boys and girls from the land.

ASATO ASATO PRESENTS
［作者］安里アサト
ILLUSTRATION／SHIRABII
［插畫］しらび
MECHANICALDESIGN／I-IV
［機械設定］I-IV

Kadokawa Fantastic Novels

86

—不存在的戰區—

What is the biggest enemy.
For them to live.

[Ep.4]

— Under pressure —

CHARACTERS

齊亞德聯邦軍
「第86獨立機動打擊群」

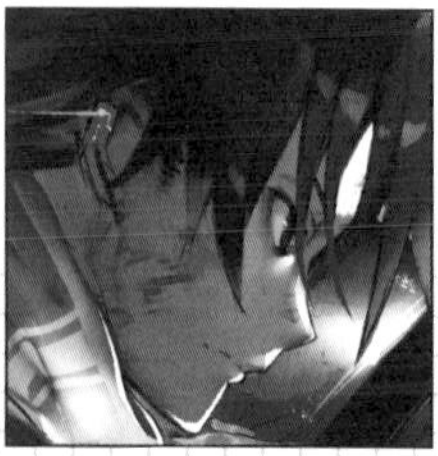

辛

被聖瑪格諾利亞共和國蓋上代表非人──「八六」烙印的少年。擁有能聽見軍團「聲音」的異能，以及卓越的操縱技術。現擔任新設立的「第86獨立機動打擊群」總戰隊長。

蕾娜

曾與辛等「八六」一同抗戰到底的少女指揮管制官。奇蹟般地與奔赴死地的辛等人重逢後，於齊亞德聯邦軍出任作戰總指揮官，再次與他們共同征戰。

芙蕾德利嘉

開發「軍團」的舊齊亞德帝國之遺孤。與辛等人一同對抗過往昔的家臣，同時也有如親哥哥的齊利亞。在「第86獨立機動打擊群」擔任蕾娜的管制助理。

萊登

與辛一同逃至聯邦的「八六」少年。跟辛有著不解之緣，一直以來都在幫助因為「異能」而容易遭受排擠的辛。

可蕾娜

「八六」少女，狙擊本領出類拔萃。對辛懷有淡淡的好感，最後究竟會──？

賽歐

「八六」少年。個性淡漠，嘴巴有點毒，而且愛挖苦人。擅長運用鋼索進行機動戰鬥。

安琪

「八六」少女。個性文靜端莊，但戰鬥時會表現出偏激的一面。擅長使用飛彈進行大範圍壓制。

登場人物介紹

阿涅塔

蕾娜的摯友，也是「知覺同步」系統的研究主任。和過去同住在共和國第一區的辛是兒時玩伴。與蕾娜一同被派往聯邦軍也與他重逢，然而……？

西汀

「八六」之一，在辛等人離去之後成為蕾娜的部下，身懷高超的戰鬥技術。個人代號為「獨眼巨人」。

葛蕾蒂

聯邦軍上校，能理解辛等人的心情，後來擔任「第86獨立機動打擊群」旅團長。同時也是新型機甲「女武神」的開發者。

班諾德

辛等人在聯邦軍的部下，是個老練的傭兵。敬重年紀尚輕的辛為指揮官，在新設部隊受命帶領一個戰隊，以支援辛等人的戰鬥。

其他相關人物

恩斯特

齊亞德聯邦政府的臨時大總統，將逃亡至聯邦的辛等「八六」成員收為養子。個性溫和，但在政治場合中極具影響力與發言力，被喻為「火龍」。

維蘭

齊亞德聯邦軍的西方方面軍參謀長，軍階為准將。雖然是個講話難聽的現實主義者，但他也是關心著「八六」成員。與葛蕾蒂之間似乎有過一段往事。

理查

齊亞德聯邦軍少將，與葛蕾蒂以及維蘭在陸軍大學是同梯。於前次作戰中准許使用大型翼地效應機「尼塔特」。對「八六」還抱持些許疑慮。

黑貓

辛等人養在共和國東部戰線第一戰區隊舍中的小貓，備受眾人疼愛，不過沒有正式取名。被蕾娜領養之後，就成為了她的寵物貓。

The number is the land which isn't admitted in the country. And they're also boys and girls from the land.

EIGHTY SIX

第一章　隨時候召

前次作戰的傷亡總人數高達四個軍團計數十萬人的足足六成，運輸能力追趕不及，西方方面軍聯合司令部基地長期充當停屍間，至今仍飄散著淡淡屍臭。

「——第八六獨立機動打擊群（Strike package）。」

在季節明明已是春天，卻莫名刺骨的冷空氣中，第一七七機甲師團師團長，兼舊聖瑪格諾利亞共和國救援派遣軍司令官理查・亞納少將講出了這個名稱。

「運用『女武神』，參與『軍團』重點鎮壓作戰的獨立機動部隊。以八六他們編組而成，是實質上的外籍兵團……現在迎來他們的女王，終於要開始行動了是吧。」

他的視線從自己所說的「女王」——來自舊共和國的客座軍官住宿的客房撇開，隔著替代咖啡的熱氣與香氣，轉而看向談話對象。

「你認為會順利嗎？」

「至少戰力方面無須擔心。」

西方方面軍參謀長維蘭・埃倫弗里德准將回答，表情一如往常地老神在在。帝國貴種特有的端正蒼白面貌，散發出銳利冰寒的冷笑氣息。

「收留的八六大半是他們所謂的『代號者』——也就是在一年存活率低於百分之〇・一的第八十六區戰場中，活了長達數年的老兵。即使比起接受過正規訓練的我等聯邦軍士兵，要稱之精銳也不為過。就純粹的戰力評價觀點而論，沒有不善用的道理。」

雖說是替代咖啡，但給他們兩位將官的是由副官親手細心沖泡，倒在白瓷咖啡杯裡，優雅得很。可能還添加了某些香料，咖啡散發出微微花香。維蘭參謀長慢慢享受咖啡，再次開口：

「多虧於此，『女武神』那邊也有了有效活用的頭緒。光就機動性能而論，『女武神』足可與『軍團』速度最快的近距獵兵型匹敵。多虧有八六在，運用起來不再需要消耗寶貴的駕駛員，實在值得感謝。」

「我在說他們八六的狀態，維蘭。」

理查少將把咖啡杯放在小碟子上說道。薄如紙張的白瓷杯具，演奏出特有的清澈高亢音色。

「不知何謂和平，沒有祖國，連一個該守護的事物都沒有，就站在戰場的生死線之上……他們不過是與我們聯邦軍人待在同一地點，雙方就會產生摩擦，你認為他們真能成為我們聯邦的利劍，今後相安無事嗎？」

無心插柳的狀況下，最初收留的五名少年兵成了試金石。

他們得到了安穩度日的機會，卻捨棄了那個選擇——無法做出那種選擇。他們不顧生死地奮勇作戰，以及只為自身尊嚴而戰的態度，就連友軍都望而生畏。這些「共和國催生出的怪物」立下無人能比的戰功，最後卻變得無法與聯邦軍正規部隊共同作戰。

雖然如今他已經知道，把在戰場長大的他們一股腦地扔進和平之中，只會讓他們感到困惑，最後窒息而亡。

「好獵犬往往脾氣火爆，就看飼主如何發揮本領去訓練，讓這種火爆轉向獵物了，學長。」

維蘭這種貴族氣質十足，不把人當人看的譬喻方式，聽得理查少將睜大眼睛。就連少將也忍不住用白眼瞪他，但維蘭參謀長只是優雅地聳了聳肩。

「——的確，不讓他們習慣和平的話，等這場戰爭結束後，雙方都會有麻煩。我們也不想在戰後負擔大量的犯罪高危險群。」

理查少將揚起一邊眉毛。

「真是意外，維蘭。我以為照你的個性，會說『解決方案就是一人一顆子彈』。」

「外加焚化屍體的燃料費與負責處理者的精神護理，還有掩飾失蹤的事務作業，再加上所有相關人員的封口費。就算做了這些，該露餡時恐怕照樣露餡……就像共和國的下場一樣。」

前次電磁加速砲型（閃蝶）討伐作戰結束後，聯邦確認到除了聯合王國、盟約同盟和共和國之外，還有幾個國家及地區有人生存。

這些國家與地區，如今全都知道共和國做過的殘忍行徑。

八六——有色種在共和國雖是少數民族，但對其他國家來說卻是具有相同色彩的同胞。現在其他國家都清楚知道這些同胞遭受過的，是足以稱為有史以來最惡劣的狠毒迫害。

他們將會遺臭萬年——當然，前提是人類能存活下去的話。

「比起那種下場，倒不如讓他們接受訓練適應和平，順便再來個特軍軍官應有的教育還比較有益。要是處理得當，我國能夠得到相當於一個旅團的前途無量的年輕人。再說了……」

參謀長回看著仰望自己的漆黑獨眼，忽然收起了笑臉。

「我們討伐了電磁加速砲型，又救出共和國人。如今國民之間一片勝戰氛圍，但戰況其實反而在惡化。戰死者大量增加，加上西方方面軍戰力減弱，還有戰時增稅——至少趁著目前矛頭還指向共和國時，得讓他們當一群有用的獵犬，否則……總有一天會頭痛的是八六他們。」

†

有個惡夢，過去她夢見過好幾次。

那是在不知何處的荒野盡頭，一處燒燬荒蕪的戰地彼方。

一群呈現枯骨色彩的無頭骷髏，與鋪天蓋地的鋼鐵色怪物大軍交戰。

在沒有補給及支援的行軍中，骷髏們渾身傷痕累累，筋疲力盡，最糟的是戰力差距令人絕望。拚死奮戰也是徒勞無功，一架又一架機體遭到擊毀，最後剩下一架白刃戰型的機體，被成群的重戰車型團團包圍，撕成悽慘的碎片。

折斷破碎的白刃裝備——高周波刀，有如無名墓碑般插在地上。

但慘劇尚未結束，「軍團」簇擁而上，扒開壓爛變形的座艙罩，從黏稠湧出的異常大量鮮血中，拖出宛如毀壞人偶般失去力氣的處理終端遺體。場面沒有半點對死者應有的敬意或尊重，它們只為了奪人首級，將遺體大卸八塊。

蕾娜不認識他們的長相。

所以機器揪出來的身穿沙漠迷彩野戰服的人影，即使被「軍團」們扯成碎片，蕾娜仍然看不見他的臉。

直到最後，蕾娜都只是旁觀。聲音傳達不到，連要支援一發砲彈都辦不到，只能束手無策地看著他們一一被殺。

蕾娜不知道有多少次一邊喊叫著那名字，在半夜猛然驚醒。

她明知道絕不可能聯繫得上，仍會抱著一線希望戴起同步裝置，啟動知覺同步，然後一如預期地沒有回應，卻又大受打擊。

只不過是沒看見、不知道罷了，但夢境是必定已然發生的現實。只不過是自己無從想像，實際上也許是更殘酷的結局。蕾娜一想到這點就會獨自渾身發顫。

但她一定不會再作那場夢了。

在齊亞德聯邦西方方面軍，聯合司令部基地的早晨客房裡，蕾娜梳妝打扮著。

她把燙得平整的女用襯衫鈕釦扣到喉頭，再套上染成黑色的軍服上衣。然後連臂章、槍套腰帶與軍帽都仔細穿戴好，再揮開只有一綹染成血紅的頭髮。

如同臨戰的騎士，將鎧甲零件一件件穿戴上身。

帶著覺悟。

毅然決然地。

鏡中是白銀色的長髮與同色雙眸，還有為那些只讓他們送命的部下守喪的黑衣，以及只讓他們流下的血一般的鮮紅。蕾娜穿起這些色彩，呈現出冷硬、苛切的「鮮血女王（Bloody Regina）」之姿。

蕾娜打好領帶時，內斂的敲門聲打破了早晨寂靜。

「──上校？」

蕾娜平靜地微笑了。

蕾娜不認識他的長相……至今她一直無緣認識。

不過，聲音可就不一樣了。

兩年前的半年期間，她聽過好幾次。最近兩年來，那聲音一直悄悄支撐著她，那悅耳的正確發聲與發音，靜謐而沉靜的聲音。

而這聲音如今確實就在身旁，所以她不會再作那場惡夢了。

「我起來了……請進。」

一瞬間，隔了一段彷彿躊躇的空白時間。半晌後，門扉靜靜敞開，辛露出臉來。

他有著夜黑種的漆黑髮色，與焰紅種的血紅雙眸。昨天見到他，蕾娜才第一次知道他的色彩與雷——比他大上好幾歲的哥哥正好相反。

辛穿著全新但感覺已經穿慣的鐵灰色聯邦軍服，細瘦身軀與白皙容貌就跟蕾娜從嗓音想像的一樣，是個文靜少年該有的模樣。但另一方面，精悍的體格卻顯示出長年直至現在所度過的戰場生活有多麼殘酷。

「上校，飛往總部基地的運輸機將於〇八二五起飛，請準時出發。」

「好的。」

她一面簡短回應，一面轉過頭來。

蕾娜回望著映出身穿黑衣的自己而略帶陰霾的紅瞳，稍微點個頭。

「我準備好了——我們走吧。」

在舊帝國特有的國境線空白地帶「戰鬥屬地」，與專司生產的舊領地之間的交界新設立的軍械庫基地，就是蕾娜分派到的第八六獨立機動打擊群的總部。

這座基地很大，有著自西側矮丘延展開來的森林環抱四周。在稍遠處的河流對岸，昔日的堡壘遺跡遠望著城市剪影。

這裡有能夠容納將近一萬名的處理終端、大隊規模的旅團支援人員，以及一千多名基地人員的隊舍群，再加上為了「女武神」準備的好幾座機庫。還有供運輸機起飛、降落的跑道，以及隔著森林，位於城市反方向的廣大演習場。

之所以故意建設在規模不小的城市附近，除了因為有運輸及交通之便，據說也考慮到配屬於此的八六將來回歸社會的問題。這麼做是為了讓自幼以來長年活在戰場封閉環境的他們，有朝一日能重回和平生活。

據說半年前受到聯邦收留的八六們，在配屬到此地之前，還待過各種訓練學校——好像是叫作特軍校。萊登等四人作為前輩軍官，還有些事務工作要處理，早早就進隊舍裡去了，剩下辛一個人充當嚮導。

在陽光反射得刺眼的跑道上，負責事務工作的伍長幫忙把行李箱與貓咪的外出包提下飛機，蕾娜正要去接，辛就從旁伸出了手。

「我幫妳拿行李。」

「咦，沒關係啦。反正東西沒有很多。」

辛沒搭理，很快地拿走行李，二話不說就往前走去。

人家都這麼熱心了，蕾娜覺得硬搶回來也不太好，於是恭敬不如從命。

「謝謝你。」

「不會。」

辛的口氣拒人於千里之外，愛理不理的……卻讓蕾娜感到十分懷念。

蕾娜忍不住露出笑容，嘴唇勾起微笑，抬頭看著走在距離自己一步的前方，那張高出半個頭的側臉。

無意間，能從鐵灰色軍服衣領中窺見的紅色傷疤，留住了她的目光。

慘不忍睹的傷痕，就像斬首後勉強將頭縫回去般，繞了脖子一圈。

那是不是往日戰場上留下的傷疤？傷痕看起來相當舊了。

自從昨天在悄然隕歿的四架「破壞神」與五百七十六名戰死者的墓碑旁重逢後，其實蕾娜沒機會跟辛說上幾句話。

昨天在那之後，蕾娜就被帶到西方方面軍聯合司令部基地。好歹算是共和國方代表的她，這麼一來就必須進行社交應酬，沒那麼多時間可以敘舊。她只在開往基地的車上能跟辛說到話，而且頂多才聊到兩年前辛等人出發執行特別偵察任務後，是如何抵達聯邦的往事。

所以蕾娜也沒問到傷痕的由來……不過也許最好別問，而該等他自己願意說出來吧。

因為嚴重到留在身上的傷疤，一定對心靈留下了更大的爪痕。

想必不會希望別人隨便亂碰。

大概是注意到蕾娜一直看著自己，辛忽然反過來看她。

「……有什麼事嗎？」

「沒、沒有。」

能這樣看著你，就已經很高興了……這種話實在太難為情，蕾娜絕對說不出口。

看到蕾娜羞紅了臉垂下目光，辛有些懷疑地低頭望去，但後來似乎想延續一開始的對話，便接著說：

「對了，妳升官了呢，恭喜。」

「喔……」

蕾娜無意識地摸摸衣襟上的階級章，靦腆地笑著。

要升任校官的門檻極高，其中尤其是屬於幹部階級的上校，更是難如登天。雖說比起一般時期，戰時任官常常不照法規進行，但十幾歲的上校倒真是史無前例。

「只是形式上而已。因為長官說要派遣到外國，沒有這點階級上不了檯面。」

反過來說，這也表示除了上不了檯面的小小尉官，沒有其他自願成為自己國家救援部隊的指揮官人選。

鐵幕倒塌以來過了半年多，很遺憾地，共和國仍然只是等著靠別人去戰鬥並營救他們，很多人都沒有自己應戰的意願。

聯邦原本預定讓救援派遣軍在收復北部行政區後依序撤出，將國防移交給目前受訓中的共和國自家戰力負責……但就看目前的狀況看來，恐怕什麼都還說不準。

「諾贊上尉才是。你在聯邦軍只有這兩年的戰鬥資歷吧，卻已經升到上尉，想必是立下了很大的功績呢。」

「……只不過是上面的階級空著罷了，由此可見聯邦做事也很亂來。」

辛淡淡苦笑，聳聳肩。

蕾娜懷著有些意外的心情，抬頭看他的側臉。

過去蕾娜從沒見過辛的長相，卻總覺得比起從前，他的表情似乎柔和多了。

兩年前，跟自己只有口頭上交談的八六少年——現在回想起來，在那冷靜透徹的聲調底下，其實隱藏著某種緊繃到脆弱易碎的事物。

隱藏著逼近眼前的死亡倒數。

以及必須解救受困於機械亡靈中的兄長的決心。

如今他從這兩者當中得到解放，不知道是否稍微輕鬆一點了？

不願對抗卻又非得誅殺的兄長——到了現在，是否成了純粹緬懷的對象呢？

「聽妳就任作戰指揮官，我以為妳至少會帶自己的幕僚或副官過來，沒想到就妳一個人。」

「因為沒人志願。原則上，我預定之後會跟志願前來的處理終端以及技術軍官……亨麗埃塔・潘洛斯少校會合。」

講到這個名字，蕾娜不禁壓低了聲音。

「……？喔，聽說是知覺同步的技術顧問，對吧。」

辛先是一瞬間顯得不解，然後回話。看他那樣子，好像真的打從心底不明白蕾娜提到阿涅塔的名字時，為何有點難以啟齒。

蕾娜側眼仰望著這樣的辛。

一般而言，亨麗埃塔這個名字不會簡稱為阿涅塔，所以蕾娜刻意告訴他全名，可是……

……說不定在剛認識的時候，阿涅塔要蕾娜用這個比較少見的暱稱叫她，是因為她不願回想起以前用其他暱稱稱呼過她的人。

不願想起她傷害過，她見死不救……從此再也無緣相見的青梅竹馬。

「……你果然不記得了呢。」

「不記得什麼？」

「沒什麼。」

蕾娜輕輕搖頭，結束這個話題。

關於這件事，自己終究只是局外人。

阿涅塔如果想說，應該由她自己開口。

「咪嗚。」彷彿要打斷兩人之間的短暫沉默，外出包裡的貓咪叫了一聲。辛低頭一看，眨了眨眼。

「是……貓嗎？」

「是你們養在先鋒戰隊隊舍的那隻。」

「喔。」

辛一點懷念的表情都沒有，只能說很符合他的個性。

至於貓咪，似乎發現對方是之前不見蹤影的最喜歡的大哥哥，興奮地咪咪喵喵叫個不停。

「妳給牠取了什麼名字？」

「德摩比利。」

簡稱狄比。聽蕾娜接著這麼說，辛沉默了一會兒。

順帶一提，德摩比利是一場以少數兵力抵抗數量遠大於己的敵軍，結果全軍壯烈捐軀的戰役的戰場地名。

「……就不能至少叫作列奧尼達之類嗎？」

「嗯。」

「想不到妳命名品味還滿差的。」

「上尉才沒資格說我呢。這孩子是送行的一方，所以不是在德摩比利戰役陣亡的列奧尼達一世吧？」

「是這樣沒錯，但是用地名也太……」

「那麼上尉以前是怎麼叫這孩子的？在特別偵察之前。」

先鋒戰隊的處理終端們，從沒給這隻不算戰友的貓取固定名字，其中辛是拿當時在看的書的作者名字稱呼牠。

辛想了一想。

「我記得……應該是叫鷗外。」

「……你當時在看的書，該不會是《高瀨舟》吧……！豈不是比我取的名字還過分……！」

想不到辛這麼沒品，蕾娜發出呻吟。雖然主題不同，但硬是要一言以蔽之，就是哥哥弒弟的故事。辛當時很可能有所覺悟，決定不惜同歸於盡或是反遭殺害，也要在特別偵察中與雷——化為重戰車型的哥哥展開對決，所以這已經不是沒品，根本就是以自虐為樂的層次。

「只是正好拿起來看而已，沒有更深的含意……啊。」

講到一半，辛就停下腳步。他們在基地最大的機庫裡，這裡與蕾娜的辦公室以及起居室相連。該停放在這裡的機甲還在運輸機上，兩人待在空蕩蕩機庫鐵捲門大開的入口附近。配備多架橋式起重機的天花板很高，貓道環繞了相當於二樓的位置一圈。

「……上校。」

「？什麼事？」

「妳會生氣是當然的，但能不能只怪我一個人就好？」

「什麼？」

戰車砲似的粗野低沉嗓門，突然吼叫起來：

「瞄準（Take aim）！」

蕾娜立刻提高警戒，她看到的……

「射擊（Fire）！」

並不是什麼舉起的槍枝。

而是當頭潑下的大量清水。

「呀啊啊啊啊啊！」

當然，她被潑個正著。

被人用相當於整個浴缸翻倒的水量當頭澆下，蕾娜一瞬間就成了落湯雞。

一看，貓道上不知何時站了一排身穿鐵灰色軍服或工作服的男女，每人都拿著空的水桶。

自己應該是被潑了桶子裡的水。

但除此之外，蕾娜什麼狀況都來不及理解，只能呆愣在原地。這時，剛才號令一出的同時就往外逃生的辛回來了。

他說要幫蕾娜拿行李，看來就是為了這個理由。不知道是不是出了什麼錯，或者即使是他也為這事感到良心不安，總之他顯得十分尷尬，露出一副難為情的樣子。

是說，無情的貓竟然對主人的慘狀不聞不問，還在想著吸引辛的注意，發出撒嬌的叫聲。

「呃……總而言之，這只是普通的水而已，請不用擔心……對吧，班諾德軍士長。」

「報告長官！是從那邊的水道剛打上來的！」

站在貓道中央的壯年軍人踏出一步吼道，接著就挺起胸膛（並非感到驕傲，只是軍人的習性）繼續說：

「另外，有兩名蠢蛋試圖偷加油漆，作為懲罰，我讓他們潑在自己身上了！」

「哦……」

角落那一紅一白原來是因為這樣。

辛側眼看看他們，開口說話。不像軍士長那樣大喊，但慣於下令的聲音卻不可思議地響亮。

「排水管會堵塞，你們到外面水道去洗掉再沖澡。還有，灑到地上的油漆要負責清乾淨。」

「「是，長官！」」

對方回以自暴自棄的大嗓門，相對地，辛則是淡定地點了點頭。

蕾娜還在發呆。

「……這是聯邦軍對新任指揮官的傳統歡迎儀式還是什麼嗎……？」

「不是。何況聯邦軍也才成立差不多十年，哪來什麼傳統……」

「諾贊上尉，比起那種無關緊要的吐槽，這個還比較要緊吧。」

一名妙齡的女性軍官走過來，攤開一路抱來的浴巾。

蕾娜回看那人，吃了一驚。

是聯邦西方方面軍第八六獨立機動打擊群旅團長，葛蕾蒂．維契爾上校。

講得明白點，就是長官。

「維契爾上校！——恕我失禮……」

「喔，不用這樣正經八百的啦。雖然指揮系統上來說我是長官，但同樣都是上校嘛。」

葛蕾蒂把一條浴巾蓋在蕾娜頭上，攤開另一條，拍打著擦掉濕透滴水的軍服水氣。浴巾聞起來有剛洗好晾乾的陽光香氣。

「我讓人把一套替換衣物擺在房間裡，浴缸也放好熱水了……你好像有命人準備毛巾，不過要做到這個地步才算合格喔，上尉。」

「……抱歉。」

「雖然這種不夠貼心的地方很有年輕男孩子的感覺，還滿可愛的，不過今後也得學習怎麼當護花使者才行，不然好不容易見到面，可是會被討厭呢。」

「上校……」

「哎呀，不好意思。但這都要怪上尉不好喔，那時好歹正在作戰，誰教你要在通話內容受到任務記錄器記錄的聯邦機甲內，跟人家講私人對話呢？」

辛喉嚨發出「咕」一聲。葛蕾蒂咯咯笑完，就抱著濕掉的浴巾離開了。貓道上的軍士長急忙往後躲。

「……上校，我來收拾就好。」

「討厭啦，班諾德軍士長，你拿年輕女生用過的毛巾要做什麼？」

「請不要開這種不好笑的玩笑好嗎！而且偏偏是在隊長的面前！我哪會對那種只比我家小蘿蔔頭多長了點毛的小姑娘有非分之想啦！」

「毛……」

「啊啊啊啊啊啊啊我什麼都沒說！而且我也不是那個意思好不好！」

不像是校官與士官之間會有的熱鬧對話漸漸遠去。

辛目送他們走遠，顯得有點沒勁地說：

「總之，請妳先換衣服……我帶妳到房間去。」

蕾娜位於第一隊舍頂樓的起居室是兩個相連的房間，面對走廊的一個房間是辦公室兼會客室，裡面的一個房間是寢室。

雖說是軍事基地，但也是遠離戰線一百公里以上的安全地帶。起居室比起防衛功能，更注重舒適性與展現指揮官的威嚴，空間寬敞，而且可能考慮到配屬人員為女性，小型家具全為纖細的白蝶貝工藝品，擺設得賞心悅目。

辛把行李箱與外出包放在辦公室就走出房間，黑貓雖然對於初來乍到的環境懷著一點戒心，但已經開始在房間裡四處探險。

從四個角落為彩色玻璃的辦公室大窗看出去，可以將河川對岸的城市盡收眼底。

聽說城市一隅正在建設的新設施是學校。八六們自幼就被送進強制收容所，沒接受過像樣的初等教育，這是為了他們準備的特別設施。另外像是以旅團規模的部隊來說只會安排一個的精神醫療分隊，在這裡則增加到兩隊。

這些照護措施，本來應該由共和國這個加害者負擔。

蕾娜搖搖頭，走向與寢室相連的浴室。

彩色磁磚的浴室熱氣氤氳，浴缸裡似乎滴了某種花香精油，聞起來有清冽的芳香。蕾娜卸下淡妝，扭開造型時髦的水龍頭，讓熱水從頭淋下。

這時她想到整件事的前因後果才解釋到一半，於是打開浴室的門，戴起放在浴巾上的同步裝置，啟動知覺同步。

對象當然是此時待在辦公室外走廊上的辛。

「上尉，請問一下……」

對方二話不說切斷同步。

蕾娜再度啟動知覺同步，一連上就說：

「為什麼要切斷？」

一道好像拿她沒轍的聲音回答：

『我才該問妳，為什麼要現在跟我同步？』

「因為話講到一半。」

『……晚點再講就好，至少請妳淋浴完再說。』

蕾娜堅持己見。

「為什麼淋浴時不能說？」

『問我為什麼……』

辛好像無言以對，停頓了半晌。蕾娜乘勝追擊般地說了：

「上尉那時候也沒有介意，不是嗎？兩年前在先鋒戰隊的隊舍，我問你關於『黑羊』跟『牧羊人』的事情時，那個……我不慎在上尉淋浴時，跟你連上同步……」

『嗯……可是，妳會介意吧。所以不用勉強沒關係。』

這個嘛。

是很害羞沒錯。

知覺同步技術是經由雙方的意識，主要讓聽覺同步，但同時也能傳達見面講話程度的感情。

換言之，蕾娜現在覺得「很害羞」的心情，當然也直接傳達給了辛。蕾娜沒發現這讓辛也覺得很不自在。

何況水聲、因為有些發燙的熱水讓蕾娜不自覺呼出的吐息，還有濡濕綢緞般的長髮滑落玉肌的聲音也是。

「可、可是今後也不能那麼……啊！」

同步又被無言地切斷了。

同步裝置好像也拿掉了，這次沒能連上。

萊登為了要將文件交到葛蕾蒂的辦公室而來到頂樓，卻只見辛頹然坐在鋪著藍底銀花圖案地毯的走廊上，因此停下腳步。

就坐在作戰指揮官——蕾娜的起居室的門前。剛才進行過那場「歡迎儀式」，辛應該是在等她換衣服，但不知怎地看起來就這樣雙腿無力癱坐下去了。

「……你在搞啥啊？」

「…………………………………………沒什麼。」

嘴上這樣講，辛卻回答得像在呻吟。

結果蕾娜出了浴室，把女用襯衫與裙子都穿好，穿過辦公室，從內側敲了敲通往走廊的門呼喚辛，他才終於肯回應。

「……………我是覺得不至於，但妳該不會還沒穿衣服吧……？」

「我有穿……！」

「那就好……」

為了防止竊聽，聲音不易穿透厚實的櫟木門扉，而蕾娜也要回到盥洗室把頭髮吹乾並補妝，所以兩人再次透過知覺同步對話。

『……關於剛才那件事。』

話雖如此，由於這些事情讓雙方都有些尷尬，所以過了很久才重新開始對話。蕾娜放下用完的吹風機，邊梳頭髮邊傾聽。

『機動打擊群的戰鬥人員幾乎都是志願從軍的八六，但其他人員就不一定了。他們只是受命配屬到這裡的聯邦軍人……其中也有一些人的親朋好友住在共和國。』

這番話讓蕾娜倒抽一口氣。

受到聯邦保護的八六，大約將近一萬人。

這個人數相當於一個大規模旅團，但比起原本在共和國生活的數百萬有色種人口，人數實在少之又少。

只有如此少數的人，在迫害中存活下來。

其他所有人都在強制收容所、在建造鐵幕時，又或在第八十六區的戰場上——死了。

遭到共和國虐殺而死。

連墓碑或安息的墳墓都沒有，一直都被當成人形家畜。

與「軍團」開戰之前，共和國與鄰近諸國之間有過熱絡的人際往來。

當然，想必也有很多跨越國境的友誼或家族，他們若是知道親朋好友受到那種對待，還慘遭殺害……

『對軍人來說，命令是絕對的，但並不能因此消弭以共和國人為長官的不滿。自從上校確定上任以來，我跟班諾德軍士長，還有維契爾上校，都收到了許多不滿或反對的意見。』

蕾娜想起在貓道上排排站的，年齡及民族各異的聯邦軍人們。

想起他們色彩各異的雙眸，都是一樣的冷漠無情。

『這種情緒反應，不是強行壓抑就會消失的。如果因為受到壓抑而爆發，反而更不好處理。因此我准許他們「報復」，條件是只准在到任時做一次。決定這些細節，並向維契爾上校徵求許可的都是我……所以我才會說，如果妳要生氣，怪我一個人就好。』

蕾娜搖了搖頭。

說是報復，也不過就是剛打來的一桶清水。他們一定提出過更多更偏激的手段，但想必是辛全都攔了下來，而且也是在應該是他信賴有加的副官監督下進行。

為了保護蕾娜，免於受到不受控制的真正報復。

明明辛才是真正有資格對共和國與共和國民報復的八六之一。

「……那是我該受的處罰，我怎麼會生氣……」

『不對。』

辛平淡地否定蕾娜的自責。

聲音中帶點煩躁的口氣。

像是一種即將變成憤慨的不快感受。

『可以對共和國報復的，只有我們八六。聯邦人雖是相關人士，但不是當事者，並沒有權利報復……不管他們自己怎麼想，他們的所作所為不過是自以為正義或制裁的蠻橫行徑罷了。』

「上尉……」

『聯邦終究也不過是人類的國家，不會因為以正義為國本……就具備什麼正義或理想。』

聲調聽起來像憤慨，像哀憐……又像全都已經看開的心灰意冷，乾枯而荒涼。

『再說了……我想我之前也講過，第八十六區的那個狀況不是妳造成的，也不是靠上校一個人的力量就能撤回。這不能怪在上校頭上，不是妳一個人該受譴責的問題。』

『所以……』對於不再說話的蕾娜，辛仍舊平淡地說：

『剛才的報復，對上校來說是完全不正當的暴力行為。妳已經甘願接受過不合理的對待，所以從此也不需要再感到內疚。今後如果有人對妳無禮，請依照聯邦軍法訓斥處罰，妳有這份權力與義務。』

義務。

這種用詞遣字，非常像是他的風格。

如果只提到權力，蕾娜即使聽了這番解釋，恐怕在行使上還是會有所躊躇。

但義務就是非盡不可的責任了，其中沒有蕾娜的心態介入的餘地。

為了保護蕾娜免受聯邦軍人們不懂分寸的「報復」。

同時，也讓蕾娜不受自責之念所困。

辛擺出一副冷酷死神的臉孔，裝作漠不關心的放任態度……其實心地極其善良。

善良到受他溫柔對待的自己，有時都會覺得心酸。

「……謝謝你。」

在床上攤開的替換衣物，是共和國軍的深藍色正式軍服，想想也是，他們不可能事前準備好染黑的改造軍服。

蕾娜把附有上校領章的軍服穿好，不忘戴好臂章，也沒特別多想，就在穿衣鏡前轉一圈看看，然後打開通往走廊的門。

「抱歉，上尉，讓你久等了。」

辛等候的這段時間似乎也沒閒著。他關掉裝置，收起原先展開的全像電子文件，看看蕾娜，對於她不同於剛才的穿著眨了一下眼睛。

蕾娜這時才想到，她似乎是第一次在辛面前穿這套軍服。因為不管是昨天重逢時，還是今天直到剛才，她都穿著染黑的軍服。

……她好像明白自己剛才為什麼要特地再次確認自己的穿著了。

竟然還看一下有沒有哪裡怪怪的，簡直……

就像是第一次去約會的女孩子。

蕾娜大概是變得滿臉通紅了，辛不解地湊過來看她。

「……上校？」

「呃！不，沒什麼。」

蕾娜這句話答得慌亂，聲音都拔高了，連自己都覺得沒什麼才怪。可能因為意識到原先不放在心上——或者是下意識不去在意的——一些芝麻小事，開始讓她莫名地在意。

真要說起來，蕾娜原本只能隔著長達一百公里的距離，藉由隔著知覺同步的聲音認識辛，如今意外與他相會的這種狀態，對她來說刺激有點太強了。

聲音好近。畢竟因為身高差距的關係，辛的嘴就正好在蕾娜耳邊，讓她無法不意識到辛的個頭。

比自己稍高一點的體溫近在身邊，傳來些許熱度。

眼睛不用看也能清楚知道他就在自己身邊。

這才知道男生的體溫原來這麼高，這件事不知怎地讓蕾娜心兒撲撲跳。

為了不讓他發現，蕾娜以手貼胸吸氣又吐氣，好不容易才讓發燙的臉頰冷卻下來，然後裝作若無其事地說：

「你要帶我看看基地嘛，我們『揍』吧。」

……甚至還吃了螺絲。

辛忍不住笑了笑，蕾娜硬是不去意識他的笑意，包鞋在木片拼花地板上踩得喀喀響地往前走去。慢個半步，就可以感覺到無聲跟隨自己的安靜氣息。

原來他走路習慣不發出腳步聲啊。注意到這點時，蕾娜不知怎地，心跳又加速了。

「……那兩個人在做什麼啊？」

在下級軍官用的小型個人房間，床鋪、書桌、衣櫃與兩個房間共用的浴室占據了所有空間。

芙蕾德利嘉坐在床邊，晃動著搆不到地板的腳，血紅雙眸直瞪著空氣，鼓起小巧的臉頰。

「跟葛蕾蒂或參謀他們見面也就罷了，竟然還在簡報室之類，會議室之類的地方晃來晃去，豈不是跟男女私會沒兩樣？身為一名長官，居然利用身分地位如此放蕩……！」

「……不是，我說啊，芙蕾德利嘉。」

賽歐手肘撐在門扉大開的門框上，厭倦地說：

「妳才是在幹嘛啊，又在偷窺？」

她一聽，紅瞳霍地轉向這邊。

賽歐注意到一件不重要的事，就是在她發動窺視熟識者過去與現在的異能時，眼睛會泛出些微紅光。

「這才不是偷窺，蠢貨！是由於那個人帶著辛耶四處遊蕩，余才會監視他們，看看她有沒有做出什麼奇怪舉動！」

「不過是介紹基地啊。上校今天到任，辛算是她的直屬部下，沒什麼好奇怪的吧。」

「…………確實如此，可是……」

「真要說的話，芙蕾德利嘉當場看過辛那段黑歷史，應該也明白吧。」

在聯邦，所有機甲都有配備任務記錄器，除了各種感應器、照相槍與機器的狀態之外，駕駛員透過耳麥進行的對話也都會記錄下來。

當然，前次擊毀電磁加速砲型後，辛與蕾娜在沒認出對方的狀態下，交談的內容也不例外。

歸隊後在第一七七機甲師團司令部基地的任務報告中，葛蕾蒂惡作劇地播放那段錄音時，辛的表情真夠瞧的。不過他要站起來的瞬間，周圍所有人都按住他，把整份錄音從頭到尾聽完了。

題外話，那份資料檔是十年來初次確認到的共和國影像，作為與共和國倖存者的初次接觸紀錄，似乎在西方方面軍司令官們面前也播放過。

真令人同情。

「是這樣沒錯，可是！親眼看見還是令余無法認同！因為共同生活、戰鬥的時光可是余比較長啊……啊啊！」

突然間，芙蕾德利嘉霍地抬起頭來。

不知道是怎麼了，她愕然地注視只有她能看見的某地光景，看得出神。

然後她忽然就用一種邪惡的感覺咧嘴笑了。

「……賽歐，余肚子餓了。」

賽歐微微一笑。

「啊——嗯，快中午了嘛。今天天氣很好，去營站買點東西到外頭吃吧。」

附帶一提，營站就類似軍事基地內的福利社。

芙蕾德利嘉霎時慌張起來。

「啊，不，余不是這個意思，那個……」

「反正妳剛才一定是看到辛要帶上校去餐廳，不安好心想打擾人家吧？太好懂了啦。」

「啊啊！」背後不知怎地傳來可蕾娜的慘叫，賽歐只用眼睛往後面一看，就看見可蕾娜像是狗見著主人似的，正要飛奔出去。

從走廊窗戶可以看見餐廳，她似乎跟芙蕾德利嘉看到了一樣的場面。

「嘿！」

而就在她即將到達最快速度時，背後吃了安琪的擒抱，應聲就倒在地上。

「好痛！不對，幹嘛，安琪妳放開我……」

「不～～行。不可以當電燈泡喔，可蕾娜。」

「好痛痛痛痛等等安琪扭到了扭到關節了好痛好痛好痛好痛好痛！」

看完令人不禁莞爾的一整段感情交流，賽歐將目光轉回室內。

他自認為是面露笑容，但心裡的想法似乎寫在臉上了，這把芙蕾德利嘉嚇得退縮。

「我們一起到外面吃吧。跟可蕾娜、安琪還有萊登他們一起。」

「……是。」

聯邦軍基地的餐廳不分基地或階級，提供的都是同樣餐點，不過是採取自助餐形式，可以自己調節分量。

蕾娜一面麻煩辛或負責配膳的兵員幫忙，一面笨拙地夾菜。由於餐廳座位大多都還空著，她之後就在一張桌子旁坐下。

在這個特軍軍官的處理終端占去多數的基地裡，就數蕾娜現在身處的第一軍官餐廳規模最大。軍職與非軍職人員混合的食勤人員勤快地忙著幹活，現在只有一個好像能把蕾娜整個煮熟的大鍋放在廚房裡面，冒著熱氣。

由於聯邦與共和國的飲食文化不同，餐盤裡的午餐對蕾娜而言很稀奇。聯邦特有的又黑又紮實的麵包，搭配菇類香氣撲鼻的奶油濃湯，還有蔬菜溫沙拉，以及聽說是聯邦東南部家鄉味的紅辣椒燉肉湯（匈牙利湯），再配上咖啡與蘋果塔。在餐盤的中央，淋上醋栗醬汁的肉排香氣四溢。

搔動鼻腔的特有香味，讓蕾娜直眨眼睛。這該不會是……

蕾娜雀躍地切開肉排送進嘴裡後，那對白銀色的雙眸大大睜開。

「好好吃……！」

見蕾娜忍不住叫出聲來，辛欣喜萬分地笑了。

「喜歡就好。」

「好久沒吃到真正的肉了……是鹿肉嗎？」

蕾娜暫且將淑女的矜持放一邊，展現她的好胃口。

「是的……因為萊登說過八十五區內餐桌上只有合成食品，所以我想妳或許很久沒吃了。這也不枉費我們出動所有人到後面的森林打獵呢。」

「……難道你們是特地為了今天準備的嗎？」

「不，只是碰巧那天基地幾乎所有人都閒著。」

辛一邊說，一邊用滿快的速度將料理送進嘴裡。

辛也是正值成長期的大食量少年。餐盤裡裝的分量恐怕有蕾娜的一倍，看著這麼多食物迅速消失，感覺挺過癮的。

蕾娜再次體認到他果然是個男孩子，不知為何，內心湧上一陣莞爾。

「其實不用等到碰巧，戰鬥人員在不用作戰時都滿閒的。在第八十六區那時也是，知道沒有危險可以行動的日子，我們就會全員出動去打獵或釣魚。」

「…………」

沒想到好像滿開心的。蕾娜一不小心產生這種念頭，便急忙把它趕出腦海。

辛似乎看穿了她的心思，苦笑起來。

「請別露出這種表情。實際上在第八十六區，也不是沒有其特有的樂趣。」

征途遭到「軍團」阻擋，退路受到共和國封鎖。暴露在迫害與侮辱之中到了最後，規定的五年從軍期限一旦結束就注定得死。即使身處於如此教人絕望的戰場，他們仍然……

「我們不會因為確定得死，就丟人現眼地數日子等處決日到來。既然都要死，不如死得沒有遺憾——在那之前，至少要笑著過日子。因為那是我們唯一能做的抵抗。」

「…………」

或許是這樣沒錯。

兩年前，每晚透過同步交談過的那些先鋒戰隊成員……每晚聽起來都好開心。

可以感覺到同伴之間閒聊打鬧的氣氛，有時遠處還會傳來大吵大鬧的聲音，總是讓人覺得溫馨。

對於戰鬥之間的短暫休憩，以及享受枝微末節的小事，他們既坦率又貪婪。

即使命中注定不受任何人稱讚，也不能守住什麼，只能無意義地戰鬥、無意義地送死，他們仍然努力笑著活到最後一刻。

「……我也想試試看釣魚。」

辛露出有點調皮的表情。

「那得從抓蟲子當魚餌開始呢。」

「蟲子……」

大多數的年輕女孩都怕蟲子，蕾娜也不例外。特別是會蠕動的，還有腳一堆的那種。

「那個……有沒有人可以幫我抓……」

「很簡單的，只要把河邊石頭翻過來，底下多得是。」

「…………………我會加油。」

看到蕾娜神情悲愴地說，辛——至少在蕾娜的記憶裡，大概是第一次——笑出聲音來。

蕾娜明白到自己被逗弄了，噘起嘴唇。

「……沒想到上尉這麼壞心眼。」

「失禮了。因為妳的表情都嚇到僵住了，一時忍不住。」

辛一邊說，還在嗤嗤笑著。

「怕蟲子的話，打獵或許比較輕鬆。我不會殘忍到連肢解都叫妳做，而且步槍的話我想妳應該用得很熟吧。」

「突擊步槍是很熟練，不過……」

蕾娜無意間想起一件事，放下了刀叉。

「……在第十五區的收復作戰中，管理共和國民避難所的各位憲兵，曾經用打獵的獵物招待過我們。說一直吃合成食品，怕大家吃膩了。」

除了擔任國軍內部的警察機關，收容俘虜、難民以及設置、管理收容設施，也是憲兵的職責。在與「軍團」戰爭中不需要扮演後者的角色，所以久違的任務似乎讓他們很有幹勁。

「有一定年紀的共和國民是很高興，但是……聽說孩子們都不肯吃，全扔掉了。說是味道很腥，吃不下去。」

「…………」

「軍團」戰爭始自十一年前，白系種也差不多是在那時移至八十五區內避難。後來出生的所有孩童不只動物的肉，任何自然食材都沒吃過。

據說幼兒時期常吃的味道，會決定一個人的味覺。

若是如此，他們或許一輩子除了共和國的自動工廠之外，再也無法接受其他地方生產的糧食、鐵幕外面所有文化的飲食，甚至除此之外的料理。

辛反應很快，似乎猜到了蕾娜的擔憂便答道：

「相同地，他們也沒見過白系種以外的民族……說不定根本無法把白系種以外的人種視為人類……妳是這麼想的嗎？」

蕾娜點了個頭。

「這個部隊的第一份任務，應該會是共和國北部行政區的收復作戰。讓你們在這種狀態的共和國當中戰鬥……老實說，我很擔心。」

因為共和國民就算沒把排斥或忌諱的心態說出口，八六們也一定感覺得出來。

「我認為那跟在第八十六區作戰時的狀況沒什麼不同就是了……不過話說回來，原來共和國真的只有合成食品啊。就算家畜難以安定供應，應該也還有鴿子或兔子吧。」

「……我們沒有獵捕動物的技術，也幾乎沒人懂得如何肢解。我想大家可能連抓動物來吃的意識都沒有。」

相較於提供給八六的那種無味乾燥的合成食品，共和國內的食品還算稱得上食物，這或許也成了一個很大的原因。八十五區內的居民不需要為了吃到像樣點的食物，而特別去想方設法。

「我不會下廚，所以也沒什麼資格取笑別人就是了。」

畢竟蕾娜是前貴族米利傑家的獨生女。家人怕她雙手變粗糙，不只是下廚，任何家事都不許她做。

辛淡定地喝了一口馬克杯裡的替代咖啡。

「我也不擅長下廚就是了。」

「咦！」

蕾娜忍不住回望著他。

不知為何，她擅自以為辛好像手很巧，感覺無所不能，或者該說沒什麼是他不擅長的。

「有點……意外。」

「並不是完全不會，但借用萊登的說法，我似乎……」

辛把馬克杯輕輕放回桌上，伸手放到嘴邊。

「……味覺有點遲鈍。」

聽辛有那麼點不服氣的口吻，看來本人並沒有自覺。

不同於視力或聽覺，這種感覺無法化為數值與他人做比較，他不服氣或許也很正常。

再來就是蕾娜猜想，萊登的用詞恐怕沒有「味覺遲鈍」這麼委婉。

「我不否認我的調味很隨便，也對於蛋殼還留在裡面覺得很抱歉，可是又死不了人，我是覺得只要能吃就沒差。」

「…………」

這種想法聽起來還滿病入膏肓的，應該說連不會下廚的蕾娜都知道這種想法大錯特錯。

話說回來。

「雞蛋……要怎麼弄破呢？」

「…………」

蕾娜只聽說過蛋殼非常堅固，是不是得用到鐵鎚之類的啊？

這次換辛足足沉默了好幾秒。

「……話說『學校』課程的選修科目裡，有烹飪實習的基礎課程。」

「這樣啊。」

「內容從最基本的菜刀拿法教起，目前只有芙蕾德利嘉……也就是旅團隨軍吉祥物一個人選修，上校不妨也一起去聽講如何？」

「……上尉也一起來吧。」

「我不用了。」

「為什麼呢？」

這樣半斤八兩的對話，讓人在稍遠座位的情報參謀拚命憋笑。

結果兩人一直吵著沒營養的事情直到吃完飯，還續了一杯咖啡，但辛說什麼就是不肯屈服。

既然如此我就練出一手好廚藝，讓你刮目相看！蕾娜暗自下定決心，用莫名有幹勁的腳步走向機庫，辛面露不解，但還是跟了上去。

不過幾小時前還空蕩蕩的機庫，如今該停放的機甲已經歸隊，一紅一白的那兩人看樣子也打掃好了。名為「女武神」的辛等人新座機，此時摺疊起長腳，在春日陽光中打盹。

蕾娜仰望個頭比「破壞神」高大一點，作為兵器的優美細緻程度更上好幾層的機甲，忽然感覺胸口一緊。

冷豔又凶猛。同時具備無法言喻的不祥氣質，宛如匍匐戰地尋覓失落首級的白骨屍體，有如磨亮骨骸的潔白機甲。

蕾娜記得。她在鐵幕的迎擊砲管制室螢幕上看過。

看過隻身對峙宛若巨龍的電磁加速砲型，劃破黎明碧藍黑暗的純白閃光。

據說這架「女武神」是參考兩年前辛等人受到聯邦收留之際一同回收的「破壞神」打造而成。

所以那時蕾娜當然會覺得它很像「破壞神」……就某種意義而言，那時自己的性命或許也等於是受到辛等人搭救。

當然最大的功臣是那位「女武神」的處理終端，但如果沒有「女武神」的機動力，對方想必也無法遠從聯邦追逐電磁加速砲型，並成功將其擊滅。

對了，還得找出那時的軍官，補上一句道謝才行。

蕾娜看著一架一架瀏覽整齊排列，裝備各有不同的五架「女武神」，接著在其中別具特徵的一架前面駐足。是辛的座機「送葬者」。

她依序看過固定裝備的四具破甲釘槍與一對鋼索鉤爪、標準裝備的八八毫米滑膛砲，以及相反地幾乎可說是辛專用裝備的高周波刀，繼而轉頭看向它的騎手。

「……我可以摸看看嗎？」

「？請便。」

辛一臉「為什麼要問」的表情點頭，但對他而言，它是託付性命的夥伴，並不是他人能夠不徵求許可就亂碰的東西。

蕾娜用手掌輕輕貼上冰涼的裝甲，無數細小傷痕讓它摸起來觸感粗糙。

辛在聯邦約有兩年的戰鬥經歷，如果在這麼短的期間內就會變得這樣傷痕累累，看來聯邦的戰場也一樣慘烈。

謝謝你幫助他，在那種戰場上保護了辛。

據說名稱跟在第八十六區一樣，也叫「送葬者」。假如兵器有所謂的靈魂，這架機體一定也繼承了前任的魂魄，延續至今。

蕾娜手指滑過座艙罩底下描繪的，像是戰隊章（Squadron marking）的槍尖徽章，再看向另一邊側面應該是識別標誌的扛鐵鍬無頭骷髏時，辛帶著苦笑說：

「妳在就任前應該有瀏覽過一遍『破壞神』的資料了吧。況且武器幾乎都是標準裝備，我認為沒什麼稀奇的。」

「是這樣沒錯，可是……那個，因為這是第一架前來救援共和國的機種……」

不知為何，蕾娜覺得在辛面前詳細說明自己受到其他處理終端搭救似乎不是很好，不禁支吾其詞。

蕾娜順便想起一件事，於是先跟辛講一聲，然後走向遠遠觀望兩人的整備班長面前。她找對方收下一件東西，並拿著回來。

這是昨天蕾娜在聯合司令部基地巧遇一名熟人時，對方連同口信一起交給她的物品。因為算是危險物品，所以不能隨身帶進來，於是請人連同其他彈藥類一起用防爆箱運來。

「……這是什麼？」

「呃，其實我也不太清楚……」

大概是直接由槍匠那邊送來之後都沒動過，盒子是質樸的塑膠材質。蕾娜一邊打開盒蓋與內容物，一邊接著說：

「聽說是你的遺失物品喔，上尉。」

收在盒子裡的，是體積稍大的雙進彈匣（Double column）式，過去共和國陸軍制式的九毫米自動手槍。

當國軍從戰場上消失後，許多八六處理終端都攜帶這種手槍。

辛狐疑地看向盒中物……下個瞬間，整個人像石頭一樣僵住了。

「上尉？」

「……上校，這個……妳是從哪裡……」

「聯邦軍前來救援時，在鐵幕外面……」

「…………」

也許是心理作用，但辛臉色似乎不太好，並陷入沉默。

辛的表情變化原本就比較平淡，不太容易看出來，但不知道是怎麼了，他的撲克臉底下似乎滿心焦躁不安。

然而蕾娜不明白原因。

真要說起來，這把手槍是在打倒電磁加速砲型，與聯邦的救援部隊會合後，西汀——大規模攻勢時的「家臣團」戰隊長，在一片彼岸花的花海中找到的。

當時西汀露出一副想到了過分惡作劇的表情，在昨天久別重逢時，便把手槍交給蕾娜，要她轉交給機動打擊群的戰隊總隊長（也就是辛）。西汀要她跟對方說這是遺失物品，笑臉就像餓著肚子面對大餐時的鱷魚一樣，開心得要命。

手槍遭到棄置似乎沒過多久，所以蕾娜擅自以為這是那時的「女武神」處理終端的東西，而戰隊總隊長就是那個人。

……還是說，該不會其實當時辛也在場？

那應該不太可能。那時僅有一架「女武神」在場。蕾娜跟對方交談過，所以還記得這點。雜訊那一頭的口吻拒人於千里之外，但年輕氣息猶存。對方沒有報上姓名。其裝甲在激戰中遍體鱗傷，但還是留住了識別標誌。

扛著鐵鍬的無頭骷髏標誌。

蕾娜覺得好像剛剛才看到類似的圖案，眼睛便瞥向一旁的「送葬者」。

同樣沒有頭顱的骷髏，畢竟因為沒有頭顱，所以並沒有回看著她，但就在那裡。

那個識別標誌，簡直就像埋葬戰死者的死神。

埋葬戰死者。死神。

……不會吧。

蕾娜轉回視線，目不轉睛地抬頭看著辛──「女武神」的少年處理終端。

果不其然，辛別開了目光。

蕾娜彎身湊過去看看。

辛硬是不肯跟她四目交接。

這讓蕾娜更加確定了。

「原來那時候是你嗎……！」

辛一瞬間似乎想設法開脫，視線四處徬徨……結果好像認命了，變得垂頭喪氣。

「……是的。」

果然。蕾娜兩眼發亮，辛卻恰恰相反，尷尬地別開目光。

「那時的事……我很抱歉。」

「咦？」

「那個……雖說不知者無罪，但我說的話實在有點失禮……」

「呃……」

失禮……失禮？

真要說起來，自己那時候跟他說了些什麼？

這麼說來，我完全不記得了……！

「不、不會，我那時候也顧不得什麼了，那個……其實我記不太清楚，但我是不是說了什麼比你更失禮的話？那時我也……呃，累得心情有點煩躁，總覺得好像一股衝動地說了一些不太好的話……」

蕾娜急著解釋，但仔細想想，說記不太清楚才真的是沒禮貌。話都講出口了才發現這點，使得蕾娜更加慌張失措。

然而，辛似乎明顯地鬆了口氣。

「不會……因為妳那時候，幫了我很多。」

說到這個——對，只有這件事蕾娜記得。

那時，聯邦的處理終端——辛他……

聲音聽起來就像迷路的小孩，精疲力竭，不知該如何是好——

自從目送辛前去特別偵察任務後，這兩年來，蕾娜不知道抵達了聯邦的他，究竟經歷過什麼樣的戰爭。

然而他不但有勇無謀地突破「軍團」支配區域，還幾乎不顧生死地與電磁加速砲單挑。他需要擔起這種作戰，足見聯邦的戰場也絕不輕鬆。

如果自己能稍微成為他的救贖……

「那就好。這樣的話……我也很高興。」

拿去吧。蕾娜再次把槍盒遞給他。

這次，辛收下了。

辛似乎無意帶著沒驗過的手槍四處走動，便連同占空間的槍盒帶回自己房間去放好。

但走到一半，他說：

「——話說回來，妳為什麼會說那個『聽說是』遺失物品？是別人請妳轉交的嗎？」

「是的，昨天我碰巧在聯合司令部基地遇見獨眼巨人——依達上尉，就是那時候給我的。」

「……獨眼巨人？」

「在你前去執行特別偵察任務之後，歸我指揮的戰隊長。」

「…………」

經過這段對話，辛的心情更是瞬間變得差到極點（而且還是一樣缺乏表情變化，所以非常難看出來）。

辛有些隨便地把槍盒放在書桌上，蕾娜雖然覺得可能不太好，但仍是從門口探頭看看辛的背影與他的起居室。跟樓上蕾娜的房間截然不同，處理終端的起居室相當樸素。

兩年前與其說是愛書人，毋寧稱為亂讀家的印象看來是對的。整理得略為缺乏生活感的個人房間裡，只有一個小書架是雜亂的，蕾娜看著那個書架與塞在架上的書籍書背，開口說話。架上有哲學書、技術書與平裝小說等等，不知為何還有繪本。

「……可是，你為什麼之前都不肯告訴我呢？呃不，我明白聯邦軍也有軍紀或保密規定，但至少可以給我個聯絡……」

剛打倒電磁加速砲型的時候，雙方都還沒見過對方的長相，所以或許只能說無可厚非，但最起碼辛應該知道機動打擊群的作戰指揮官是蕾娜。

看到蕾娜為此生氣，辛就面露了為難的表情。

「抱歉，進行救援作戰時我們被部署於最前線，而編組機動部隊時保密措施又莫名嚴格，所以完全無法跟外頭聯絡。」

「…………」

蕾娜向救援派遣軍洽詢過好幾次關於「無頭骷髏」的處理終端的事。對方表示這是機密事項因此無可奉告，但蕾娜想起當時派遣軍的司令官理查少將在憋笑，副手維蘭參謀長則明顯面露愉悅的淺笑。

而且應該可以事先交給自己的處理終端人事檔案──上頭也記載了姓名──不知道是怎麼了，對方堅持手續有所延誤，其實蕾娜到現在連一次都沒看到。

總覺得……

好像其他人都心知肚明，而故意設計讓兩人碰不到面……

「再說，我認為上校一定會追上我們。」

「咦……」

「會來到我們抵達的地方。所以，如果由我主動聯絡──前去迎接妳，就覺得好像是我不信任上校。」

「原來你還記得呀。」

「當然了。」

辛只是有話直說，口吻平靜自然，但蕾娜聽了卻再高興不過。

高興的是他還記得──也相信自己總有一天會追上來。

蕾娜緊緊抿起了嘴唇。

要說就趁現在。

現在不說，自己一定會因為膽怯而一再找理由，永遠說不出口。

「『辛』。」

她堅定地喚道。辛關上自己房間的門，回頭看她。

蕾娜著急地說了：

「可以……可以請你叫我的名字嗎？在公開場合會有立場問題，我想可能不太方便，但其他時候……」

少校。

過去八六們以軍階稱呼蕾娜，是在表達他們對蕾娜的隔閡。是不言自明的一條界線，顯示出雙方是迫害者與受害者。躲在牆內的白豬，與牆外以戰鬥到底為傲的他們八六間只是佯裝親暱，其實並非能以名字相稱的關係。

結果直到最後，自己都沒到在牆外——沒能站上與他們相同的戰場，但是……

「這兩年雖然力有未逮，但我自認為是戰鬥過了。儘管結果力不從心，即使如此，至少我認為自己沒有逃離戰場。所以，希望你能對我一視同仁……」

萊登、賽歐、可蕾娜或安琪。就像對他的那些戰友一樣。

「能不能叫我蕾娜……用名字叫我呢……？」

辛神情像是大感意外，注視著蕾娜——簡直就像沒有其他意思，只是照以前的習慣繼續稱呼而已——忽地笑了起來。

「是沒關係，但有個條件。」

「你說條件嗎？」

「是的。」

辛對變得有點緊張的蕾娜說：

「請不要再這樣一臉悲壯了。」

意外的一句話，讓蕾娜內心大受震撼。

「……我才沒有一臉悲壯。」

不知為何——講話的聲音還帶點鼻音。

簡直就像泫然欲泣一般。

「有。沒錯……從剛才開始，妳的這種表情就讓我有點不高興。」

嘴上說不高興，語調與眼神卻像在關心人。

「我希望妳記得的，不是妳讓我們去送死。我希望妳活下來，不是希望妳活得像個罪人……我那時留下那句話，並不是想讓妳露出這種表情。」

意思是，我並沒有怪妳……

「所以軍服也是，請別再穿那種像喪服一樣，不適合妳的顏色了……頭髮也是。」

辛先是躊躇一瞬間，繼而突然伸出手來，撩起蕾娜絹絲般的長髮。只有那一綹髮絲染成赤紅，象徵只讓八六流下的血紅。

「妳不用再這麼做了，妳無須背負任何罪名。明明沒有任何人責怪妳，妳卻揹著不存在的十字架前行——請別再這麼做了。」

蕾娜緩緩搖了搖頭。

這不是十字架……不是什麼罪惡感。

這是鎧甲。

染黑的軍服也好，染紅的頭髮也罷。

這都是她為了獨自待在陷於戰火中卻忘記如何戰鬥的共和國，也要戰鬥到底而穿起的鎧甲。

「……因為……」

話語擅自從櫻花色的嘴唇零碎落下。

「大家都不在了……辛也是，其他人也是，在那之後我指揮過的所有人，都只留下我，先走一步。」

夠了。腦中某個仍然冷靜的部分煩愁地低喃。

自己是趕人的一方，是叫人去死的一方，沒有半點資格講出這種話來。

更沒有權利——哭著說自己有多擔心害怕。

「沒有人願意相信我，沒有人願意與我一起戰鬥……沒有人願意陪在我身邊。」

她明明說過。

不要留下我一個人——……

「叔父大人與母親大人都過世了，剩下我一個人……我非得故作堅強才能撐下去。如果大家

沒有叫我『鮮血女王（Bloody Regina）』，如果我沒有欺騙自己，把自己當成那種怪物，我早就……」

「……嗯。」

早就屈服、斃命了……她說。

辛平靜地肯定了蕾娜不禁發洩出的柔弱部分。

還是說，他也有過這種感情？

被人稱為「死神」，背負這個名號在絕命戰場上戰到最後，只不過是這樣的一個同年齡八六少年，也有過──……

「但正因為如此，我想妳不需要再這麼做了。今後妳不會是一個人……今後有我，也有萊登他們在。」

方才讓蕾娜心緒不寧，比自己稍高的體溫，如今感覺好可靠。

因為知道他就在眼前。

因為知道──他確實陪在自己身邊。

「我們要一起戰鬥──對吧？」

「……！」

再也撐不下去了。

蕾娜抓著眼前確實存在的人不放，像個孩子般哭了。

「……該怎麼說呢？他們真的都超需要別人推一把耶～」

賽歐一隻手摀住芙蕾德利嘉的嘴放任她唔唔地叫，另一隻手抱住她說道。

「真沒想到幾乎一整天都得顧慮他們。」

萊登一面同樣緊緊抱住唔唔地叫的可蕾娜，一面回應。

在蕾娜抓住辛放聲大哭的走廊上，他們就待在轉過轉角的位置。一行人躲在兩人視野死角的牆壁後面，為了不讓感覺敏銳的辛察覺，還把講話音量壓低到最小限度。

安琪在轉角後面一邊用小鏡子觀察狀況，一邊苦笑：

「比起這個，可蕾娜跟芙蕾德利嘉，妳們都太不懂得禮讓了。我明白妳們不甘心大哥哥被人搶走，但至少今天得為他們忍耐一下才行。」

芙蕾德利嘉與可蕾娜同時鬼叫著，大概是在抗議或抱怨「我才沒把辛當成大哥哥！」之類的，但沒人在乎。

半年前與電磁加速砲型展開死鬥後，留下了紀錄。

對辛而言，那想必是說什麼也不想讓人聽到的紀錄。即使如此，賽歐很慶幸能知道那件事。

「死神」總是與大家共同作戰，將先走一步的所有人帶到他能抵達的最後盡頭。是他們讓辛背負了這種苦差事，所以他們無法對辛說那些話。但那個愛哭的指揮管制官代為傳達了。

「……幸好上校沒死，對吧。」

「是啊。」

啪的一聲，安琪闔起了小鏡子。

「……差不多要被他發現了，我們撤吧。」

「好～～」「了解～～」

特地補的妝，結果又掉了。

蕾娜還有點抽抽搭搭的說：

「我會把頭髮染回來。」

辛輕輕一笑。

「這樣比較好。」

「軍服也是。」

「嗯。」

「……不過在備用軍服發下來之前，有時還是得穿黑色的……」

「我是覺得還沒送到之前，就穿聯邦軍服也不會怎樣。」

不，那樣有點太誇張了。

蕾娜正想開口，但改變了想法。

就是啊，至今被他取笑得好慘，做這點小報復是應該的。

「你比較喜歡……我穿那樣嗎？」

「啊……？」

果不其然，辛一副始料未及的樣子回看蕾娜——大概是不知該如何回答，嘴巴要張不張的僵在原地。

看到以沉著冷靜為信條的慌張模樣少年反常的慌張模樣，蕾娜忍不住噗哧一笑。

第二章　敵我識別

避難所滿是整排的組合屋式臨時住宅，在日曬與風雨下褪色，顯得寒酸破敗。

據說是政府將聯邦軍舊型兵舍轉讓給民間使用，但盡是些野戰用的簡樸、粗糙的建築物。

簡直把人當家畜對待。

把人塞進建在鄰近危險戰鬥區域的粗糙組合屋當中，糧食或衣服都是配給品，什麼都沒得選擇。聯邦軍嘴上說是最低限度的支援，其實什麼都不肯幫忙，甚至由民眾代為進行如同強制勞動的重建工作，還被要求執行與徵兵無異的戰鬥訓練。

擁有聖瑪格諾利亞共和國之名的臨時政府雖然尚在，事實上卻受到聯邦的箝制。一群不過是改掉帝國名稱的野蠻帝國主義者構成的國家，竟假借保護之名，蹂躪尊崇自由與平等的共和國。

年紀僅僅十五歲上下的少年少女神情了無生趣地蜷縮於各個角落，看了更是教人心疼。這個年紀的孩子，本來應該在父母與社會的庇護下就學，享受穿著打扮，與無話不說的幾個朋友自由自在地到處玩耍。如今卻落入這種處境。

眼睛轉向他處，可以看到過去曾是國軍本部的雅致宮殿遺跡，建造了新的隊舍。

據說那是自今年春天新派遣來此的部隊隊舍。第八六機動打擊群。什麼人不來，偏偏是那些骯髒八六們構成的部隊。

汙穢的有色人種，再次大搖大擺地踏入這個美麗的國家。

這樣大錯特錯。因為這裡……

這裡是我等光耀榮顯的白系種的國度。

†

「——芙拉蒂蕾娜．米利傑上校、辛耶．諾贊上尉。你們將在共和國北域收復作戰中，執行一項機密任務。」

在聯合司令部基地中，不知為何沒有開燈的參謀長辦公室裡。維蘭參謀長背對陽光照入的大窗戶，使人看不見他的表情，雙手還撐在辦公桌上合握，維持著將嘴巴藏在雙手後面的姿勢如此說道。蕾娜不禁偷偷窺視了一下站在身旁的辛。

蕾娜覺得好像很多地方不對勁，難道聯邦軍都是這樣下指示的嗎？

但很遺憾的，辛就跟平常一樣面無表情，不知道是因為這是常態所以不覺得有怎樣，又或者其實這是感到傻眼的樣子，蕾娜一點都看不出來。

正在這樣想時，維蘭參謀長好像覺得沒趣，挺起了背桿。

「……怎麼搞的，你們都不覺得有趣啊？我還以為你們這個年紀的孩子，聽到祕密任務或機密任務什麼的，都會毫無意義地興奮到靜不下來。」

「任務的內容是？」

辛平淡帶過，參謀長用鼻子哼了一聲。

「你真的是一點也不可愛耶，諾贊上尉。我會拿一些你小時候流行過的動畫什麼的給你，就從現在開始也好，你儘管像個孩子一樣享受無聊的休閒時光吧……」

副官不發一語地走進來開燈，啟動全像螢幕，把一大疊動畫跟電影的資料媒體堆在辦公桌上，就離開房間了。

「那就言歸正傳。兩位指揮官，你們有任務了。在共和國北域收復作戰中，第八六機動打擊群將在北部副首都夏綠特市中央車站的地下總站實行壓制作戰。」

聽到這番話，蕾娜頓時立正站好。

終於來了——是吧。

「我先整理一下現況。舊第一區貝爾特艾德埃卡利特以北有『軍團』大規模兵力駐屯，以去年十二月時救援軍的戰力來說，不得不放棄壓制的念頭——諾贊上尉當時負責搜索敵蹤，想必不需要聽我多做說明。」

參謀長對著回望他的蕾娜露出冷冷嗤笑。

「聯邦軍已經掌握上尉能夠感應『軍團』所在位置的異能，並活用於廣域索敵。畢竟不像貴國都到了戰爭時期，還在重視所謂常識這種共同幻想，將珍貴的警報裝置（金絲雀）扔在戰場上。聯邦可沒有那麼從容。」

「如果在共和國被當成警報器，我想我的下場應該會更慘。」

八六在共和國是沒有人權的劣等種。假如因為有用而被當成研究對象……現在好一點就是廢人，慘一點的話就是被分屍，泡在保存液裡面。

如同過去為了讓知覺同步實用化，眾多八六孩童在強制收容所被拿去進行人體實驗而亡。

蕾娜想起自己有個朋友始終在暗自憂愁，擔心其中一個會是自己見死不救的兒時玩伴。

亨麗埃塔·潘洛斯技術少校，知覺同步的研究主任。

辛本身似乎不記得他有過這個兒時玩伴。

「那倒也是──你們壓制的夏綠特市中央車站地下總站，是這支『軍團』集團保有的大規模生產據點。從索敵結果推測，地下四樓有自動工廠型，地下五樓則有著發電機型的控制裝置。」

隨著參謀長單手一揮，全像螢幕展開，顯示出地下總站的三維全像圖。

十四條路線二十五面的月台與鐵路，加上附設的大規模商業設施，在縱貫地下七樓的空間層層重疊，部分設施還延伸到鄰接的車站，構造極為複雜。連這樣整體看起來都讓人暈頭轉向，這就是惡名昭彰的「夏綠特地下迷宮」的立體圖。

辛瞥一眼，就瞇起了眼睛。蕾娜慢了半拍，才想到他為何有此反應。

空間很窄。

最細的隧道的寬度及高度都只有四公尺上下。聯邦的主力軍「破壞之杖」等於無法動彈，就算是「女武神」，若是在機動動作上有所失誤，也會進退不得。

這種地形對「軍團」而言，也很難運用戰車型或重戰車型等主力，然而它們身為防衛的一方，可以在地板上挖洞埋伏(Hull-down)，等我軍送上門。就難以針對裝甲較薄的側面或後部攻擊這點而論，這種戰場對火力偏低的「女武神」來說或許反而棘手。

「作戰目標為擊毀這兩架『軍團』。順帶一提，如果情況允許，兩者的破壞程度都要盡量控制在最小限度。這兩種機體都少有觀測機會，可以的話，希望能趁此機會得到數據……只不過，我是說情況允許的話。如果會因此增加人員犧牲，就放棄這個念頭無妨。」

人類很少有機會觀測到潛藏於支配區域最深處的發電機型與自動工廠型。即使在共和國，也只有在「軍團」戰爭初期觀測到的幾個例子。慶幸當時是正規軍人在與敵軍對峙，報告內容十分詳盡。

想到這裡，蕾娜舉起了一隻手。

「可否准許發問，參謀長閣下？」

參謀長帶著紳士風範微笑了。

「當然可以，米利傑上校……不像某個不可愛的上尉，部下這樣對長官表示敬意，真讓人覺得心情舒暢。」

蕾娜偷偷抬眼看了一下辛，他卻裝作沒發現。

「發電機型是藉由太陽能發電的方式生產能源匣的『軍團』。在陽光照射不到的地下鐵站內，它們是如何發電的呢？」

根據報告書指出，發電機型率領著一群手掌大小的發電子機型，自己也拖著鋪滿太陽能發電板的翅膀，是有一個市區那麼巨大的蝴蝶型「軍團」。那麼巨大的蝶翼在地下攤不開，況且根本就照不到陽光。

「正確來說，是原則上採用太陽能發電。聯合王國的報告內容提到，與該國相敵的『軍團』集團當中，似乎有著地熱發電式的發電機型。具有高度學習能力的『軍團』的特色，就是能夠順應狀況進行自我改良……基於這點，我們推測這架發電機型進行的是核融合發電。」

「您說……核融合嗎？這怎麼可能……」

「在聯邦也已經進入運轉測試階段了。換言之，這對『軍團』而言完全可行。因為我等帝國引以為傲的技術，大多數都讓『軍團』繼承去了——去年的大規模攻勢中，電磁加速砲型會以共和國為目的地，八成也是為了這個理由。磁軌砲受到供給的電力越多，初速——威力與射程就越大。只要坐鎮要塞護牆內側，旁邊再放個核融合發電的無限電力……至少包括我們聯邦，周邊各國想必都會被單方面夷為平地。」

「……………」

接著換辛開口說：

「准將。」

「什麼事，不可愛的上尉？」

「第八六機動打擊群的旅團長並非米利傑上校，而是維契爾上校，為什麼維契爾上校不在這裡呢？」

參謀長維持著冷笑聳了聳肩。

「這還用說嗎，因為這點程度的作戰概要，本來只要傳送資料就夠了。我只是想趁著決定作戰的機會，稍微開開你們玩笑罷了。」

「「………」」

啊，這個人屬於那種不太能信任的類型。蕾娜如此想，身邊無言以對的辛，大概也是同樣的想法。

「辦公桌坐太久會讓身體僵掉，我送你們出去，順便散個步吧。」參謀長如是說，就從座位上站了起來。

蕾娜跟著參謀長走在聯合司令部基地的走廊上，無意間注意到一件事，環顧四周。

這跟前往辦公室時走的路線不一樣。蕾娜看向辛，他也懷疑地眯著眼睛。

「參謀長閣下……」

對於這聲呼喚，維蘭參謀長連一個眼神回應都不做，一直走到走廊盡頭的門前，推開通過ID認證而解鎖的門。兩人忍不住停下腳步，維蘭僅以視線催促他們入室。

裡面是挑高一個樓層，天花板顯得高聳的房間，他們則是站在樓中樓的位置。配戴軍情室臂章的軍人們在欄杆下方的辦公室忙碌而勤奮地工作，幾個人注視著投影於半空中的全像螢幕影像，看樣子那是分析對象。

眼前是某間會議室的會談影像，室內採用嚴謹而展現威儀的晚期帝政風格。恩斯特的聲音在那當中響起，卻不見他的身影，似乎是不在攝影機範圍內。

『——又是關於八六們的待遇嗎，普呂貝爾代表？』

聲調極為冰冷僵硬。

畫面中，被他稱為普呂貝爾的女性婀娜地微笑。

她有著白銀種的銀髮與同色眼瞳，以及代表在共和國臨時政府有重要職位的五色旗徽章。

『是的……就如同我一再重申，貴國接收的那些八六，全是我們聖瑪格諾利亞共和國兵器的一部分，是我國的資產。請你們停止非法占用，立刻將全機歸還與我們。』

「什……！」

蕾娜差點沒叫出聲音，但參謀長伸出一隻手擋在她面前，制止了她。蕾娜仰頭一看，只見軍帽下傳出冷笑的氣息。

看到那冷酷苛刻的笑意，蕾娜弄懂了。

今天她被叫來這裡的真正理由……

原來是這個——……

影像中，女性持續進行單方面的主張。她表示八六是類人類的劣等種，不過是人形的家畜，聯邦沒有正當理由接收使用。真要說起來，就連聯邦目前在共和國領土駐軍都沒有合法根據。

因此，她要聯邦立即歸還八六。

並且要求聯邦退兵，將國土與主權交還到正統人民——白系種的手上。

恩斯特似乎冷哼了一聲。

『我方原本就預定於收復北域後，將防衛祖國的責任交還給貴國。但莫非你們認為用喪心病狂而且半年前已經失敗的手段，還能阻擋得了「軍團」嗎？』

『那是當然。我等白系種實現了人類史上最出色的政體，是優於大陸所有種族，值得驕傲的優良種。劣等種製造的「軍團」本來根本不是我們的對手。』

她的眼神是認真的。

堅信他們能戰勝就連擁有大陸最大國土、人口與軍事力量的聯邦，都只能被迫改變戰略的「軍團」。

堅信白系種在任何方面，都是優於其他民族的存在，到了這種地步。

口吻不苟言笑。

帶著那種——盲信。

『上次的撤退全是八六們的無能所導致的結果。我們給了那些家畜不配擁有的精良兵器，他們卻花了十年還是打不贏。鐵幕之所以只因為區區「軍團」攻擊就倒塌，在經過調查後，也發現了幾處比設計規格脆弱的部位，都是負責建設的八六打混偷懶造成的。一群不懂得考慮後果，懶惰低能的雜碎……不過這次，將由優秀的我們正確管理，讓他們有效率地應戰。』

影像結束，蕾娜俯視著變暗的螢幕，咬住嘴唇。

還有……

共和國內還有人在講這種話……——

「簡而言之，等聯邦軍撤退後，他們還是打算將共和國的防衛工作丟給八六去做。無論是對於戰況或者是非善惡，能夠無知到這種程度，真是挺無藥可救的吧。」

參謀長嗤之以鼻的聲音，聽起來很遙遠。

現在，蕾娜不敢看向身旁的辛是什麼表情。

不對……是不想看。

不想看到他必定是以看破一切的目光，定睛注視與蕾娜同樣身為白銀種的人，那種冷漠無情的側臉。

辛平淡地開口：

「……所以如果我們派不上用場，你們就會接受對方的要求？」

「當國民的同情遊戲結束後，假如你們沒有其他能完成的職責，也許就會那樣了。」

面對辛冰冷的目光，參謀長絲毫不為所動。

「事到如今，你這八六還有什麼好氣憤的？就是知道人類不過如此，最後才會變成現在的你們吧。」

辛小聲嘆了口氣。

「……是的。」

「總而言之，那個就是目前在舊共和國民當中支持率急速攀升，於臨時政府內也漸漸建立起地位的聖瑪格諾利亞純血純白憂國騎士團的首領，以及其主張。」

「……這個名稱是聯邦軍內的代號還是什麼嗎？」

「是他們這樣自稱的，我只是一字不差地告訴你們而已。」

「…………」

辛大嘆一口氣，顯得很厭煩。

「這個什麼騎士團的，跟任務有何關係？」

他隨口簡稱了。

「我只是先給你個警告……但願這是我杞人憂天而已。」

†

然而那個什麼憂國騎士團的主張，卻像根刺一樣卡在蕾娜心裡。

蕾娜將新到任的處理終端，足足有一百三十九人的人事檔案依序投影在半空中，獨自陷入沉思。

八六們雖然在共和國出生長大，但對他們而言，共和國早已不是值得敬愛的祖國。

即使如此，終有一天，當他們希望回到故鄉時——共和國卻是那副德性，一定會害得他們無家可歸。

共和國到底要怎麼做才會……即使再也無法以共和國為傲，即使如此，我的祖國……

「咪嗚。」黑貓狄比撒嬌般地叫了起來。

「上校……米利傑上校。」

「呀！」

抬頭一看，是葛蕾蒂。

「失禮了，請問有何貴事，維契爾上校？」

「還問我什麼事，潘洛斯少校、葉格少尉以及第一批處理終端們不是今天到任嗎？少校與少尉就快到了喔。」

咦？蕾娜注視著設定顯示於桌上的全像式日曆與時鐘。

她急忙站了起來。

「我、我得去迎接……」

蕾娜原本打算親自去迎接，卻為了處理文書工作忙到忘記時間。

葛蕾蒂一面苦笑，一面伸出一隻手攔下她。

「我已經派人迎接了。我有吩咐先帶兩位到各自的房間，所以還有時間讓妳梳理一下……潘洛斯少校畢竟是女生，總不好讓她風塵僕僕的都還沒梳洗一下，就拋頭露面去見人嘛。」

「真抱歉……謝謝您。」

「不會，這也是我的工作。」

蕾娜鬆了口氣，正要坐回椅子上，忽然發現一件事，用半站半坐的姿勢再次僵住。

「請問……是誰去迎接？」

葛蕾蒂偏了偏頭。

「諾贊上尉正好沒事，所以我就讓他去了……怎麼了嗎？」

「辛……！」

看到共和國軍的技術軍官只呻吟了一個字就呆站在跑道上，辛不解地回望對方。班諾德幫她拿了行李在後面待命，也是一臉狐疑。

技術軍官——潘洛斯少校既驚愕又狼狽，臉色發青到不行。

她好不容易才恢復鎮定，仍然一臉蒼白，用僵結的嘴唇問道：

「……諾贊上尉，我想確認一下。」

她的聲音聽起來，就好像被巨大感情輾碎過一樣。

「是米利傑上校……要你來接我的嗎……？」

「是旅團長葛蕾蒂・維契爾上校做的指示，潘洛斯少校。」

辛不懂對方為什麼要在意這種事，但仍回答了她的問題。少校與上尉的階級差距無可顛覆，雖然對辛而言是無關緊要的規定，但他不願讓事情演變成蕾娜的缺失。

這時，他終於想到對方為何有此態度，便補充說明。

對共和國人而言，八六是人形的家畜（豬玀）。

「如果八六前來迎接讓您感到不快，請見諒……少校的配屬部門是研究部，我想今後不會有機會與我們碰面。」

「我要是會在意那種事，打從一開始就不會志願過來了啦。」

潘洛斯少校沒好氣地說，同時語氣聽起來，又像是被人拿小刀隨意捅了一刀般。

「……真要說的話，我是知覺同步的技術顧問，怎麼可能不跟你這個處理終端碰面嘛……」

「阿涅塔！」

焦急的聲音在跑道上響起，一看，蕾娜正往這邊跑來，腳步聲還很大。

大概是真的急著趕來，蕾娜來到他們身旁後，雙手撐膝調整呼吸。軍帽及徽章都沒戴，就穿著一身軍常服，給人一種顧不得整裝就趕來的印象。

「諾贊上尉，我來為潘洛斯少校帶路就好。班諾德軍士長，可以只麻煩你拿行李嗎？」

「好的，長官。」

「我們走吧。」

看到蕾娜簡直像要把對方帶離現場——也就是辛的身邊——匆促地離去，辛百思不得其解，目送他們離開。離去之際班諾德轉過身來，伸出一隻手要東西，於是辛就把不再用得到的軍帽交給他。

萊登正好這時候出來，看著那邊說：

「……那是怎麼回事？」

「天曉得。」

雖然萊登這樣問，但辛也完全不懂是怎麼回事。

然後他回過神來，反問：

「什麼事？」

「喔，我是來迎接那些新人啦。那個完全被晾在一旁的傢伙……」

一個白銀種少年大概是錯失了現身的時機，有些不知所措地探出頭來。萊登對他揚揚下巴，接著又說：

「還有現在抵達的那個。」

辛眼睛望向正好開啟了後艙門的第二架運輸機。

帶頭跑下飛機的小個頭八六少年，一發現兩人就停住腳步。

他驚訝到嘴巴合不攏，喃喃說道：

「咦！諾、諾贊隊長？修迦副長！」

那種反應就好像見著了死人復活，但實際上對他來說就是如此，也無可厚非。這個叫瑞圖的少年是兩年前，兩人配屬到先鋒戰隊前的部下。對瑞圖而言，辛與萊登都應該是早已亡故之人。

經過兩年還有熟人存活下來，對辛而言也是一件意外的事，當他想說總之先做點回應時……

「咦！隊長該不會是死了以後，轉職成真正的死神了吧！難道我們其實已經死掉了嗎！」

他過度豐富的想像力害得萊登爆笑出聲。

辛則是深深嘆了一口氣。

鐵幕淪陷後，也有少數幾名共和國民駕駛備用的「破壞神」加入戰鬥行列。

還有人刻意離開自己擔負起的祖國防衛任務，志願參加機動打擊群。

不過只有一人。

「我是達斯汀．葉格少尉，從今天起配屬到本部隊，請多指教。」

看到身穿共和國深藍軍服的白銀種少年動作生疏地敬禮，辛等五名前輩之間流過一種興致缺缺的氛圍。

雖說事前已經聽到通知，但畢竟對方是共和國民，大家會覺得反感也是無可奈何。

辛一面感覺到召集而來的同伴散發出掃興的氛圍，一面開口：

「你原本不是軍人吧——為什麼志願從軍？講話不用客氣，我們也都差不多。」

差別只在於一個被當人看，其他的被當成無人機而已。

「是……呃，沒錯，在大規模攻勢開始之前，我還是學生。」

看到血紅雙眸微微瞇細起來，達斯汀有些慌張地改口。

即使他被要求這麼做，即使面對的是八六，他仍然有點拗口地用對平輩的口吻繼續說道：

「……我的同學當中，有很多八六被迫對抗『軍團』而死。我曾經是坐視不管的一方，所以我受到譴責是應該的。但我不想讓我的兒女、孫子甚至將來的子孫背負這種臭名。要做出補償的話，必須由我……由共和國人上戰場。」

「一旦戰死，未來就不關你的事了。這樣你還要從軍？」

達斯汀抿起嘴唇。

「即使我死了，還是會留下行動的結果，成為未來的基石，所以並不是不關我的事……而且我想，我已經做好犧牲的覺悟了。」

「——我是第八六機動打擊群，本部直衛戰隊『布里希嘉曼』隊長，西汀·依達少尉。多指教啊，諾贊上尉閣下。」

過去人稱「女王家臣團」的戰隊，最後有十五名人員在大規模攻勢中生還。

看到「獨眼巨人」西汀·依達少尉讓背後站著戰隊核心人員——五名女性處理終端，姿勢不太端正地敬禮的模樣，辛的表情顯得有點意外，這讓蕾娜偷偷憋笑。

她的嗓音是難以判斷性別的磁性女低音，毛躁的一頭紅髮剪得很短，肌膚曬得有點黑，身高跟男性一樣高。但相反地，胸圍卻豐滿到讓一般女性望塵莫及，把聯邦軍軍服的紅色領帶陡急地向上推起。

她謎細個人代號的由來——濃藍色的右眼，以及讓人一瞬間錯看成獨眼，色彩唐突轉淡的雪白左眼，露出自然界野獸般的尖齒咧嘴一笑。

沒錯，是「她」。

雖然也因為蕾娜刻意隱瞞，不過辛似乎完全沒料到對方會是女性。

據說在第八十六區，處理終端的存活率以男性較高。在環境極其嚴苛惡劣的第八十六區中，體力差距會明顯左右存活率。體力較差的少女兵比起少年兵，平均壽命無論如何就是比較短。

在處理終端全員集合的簡報室，西汀站在他們圍成的圈子中心，說：

「話說你拿到『遺失物品』了沒啊，大帥哥？就是半年前掉在花田那個。」

看到辛霎時瞇起眼睛，西汀嘲弄地咧嘴笑著。

以女性而言，她個頭真的很高。即使和身高高於同年紀少年平均數值的辛相比，兩人的視線高度仍然相差無幾。

「我是不知道你怎麼了，但你少跟不認識的女人亂發脾氣，白痴。簡直不像話。」

「這點我承認，但是……妳憑什麼資格來講我？」

「哈！」西汀揚起下巴應道，接著傲然地說：

「我當然有資格。就算你是東部戰線的『死神』，我也容不得你看扁我們的女王陛下。是說你不是應該兩年前就死了嗎？死人就該安分點啊，你這死不了的東西。」

「……叫得真大聲。」

辛的言外之意是「越弱的狗越會叫」，同樣是再明顯不過的挑釁。不同顏色的雙眸閃露凶光，只笑了一瞬間，西汀的高大身材就像彈簧一樣踢踹地面。

「看招！」

吆喝聲一閃而過，面對來自斜上方有如鐵鎚般砸下的蹴擊，辛後退半步躲開。他似乎也看穿了接踵而至的連續攻擊，以毫釐之差閃掉，並抓住攻擊後隨即產生的破綻，手刀橫掃一砍。

被切斷的紅色髮梢，宛如血花，又如燃燒凋零的火花飄舞在空中。

雪白左眼映照出鮮紅色彩，如野獸般笑得凶猛。

眼看兩人說開打就開打，蕾娜的視線與伸出到一半的手不知所措地到處飄移。

「那、那個，別這樣，請不要這樣……！」

「喔，沒關係啦，蕾娜。就讓他們打吧。」

說話的是賽歐。他把椅背放在前面坐著，雙手與下巴放到上頭，擺出等著看好戲的姿勢。

「野狼或是獅子，還有野狗什麼的不是都會爭高低嗎？就跟那個一樣，別理他們，等他們自己分出高下就好。」

「竟然說成野狗……！」

一看，周圍的八六們也都趕快把桌椅搬開或是起鬨，甚至開始打賭誰會贏。

沒人勸架。

可蕾娜、安琪與萊登也滿不在乎地觀賞兩人廝鬥。

「倍率各半……？什麼……太扯了吧？這種狀況不是應該九成都賭辛贏嗎？」

「嗯——……雖說是東部戰線的死神，但也已經是兩年前的事了……」

「現在沒聽說過的人應該還比較多吧。是說看這狀況，搞不好黑馬是蕾娜耶。」

「我、我嗎……！」

「不是啊，因為只要妳喊一聲『等一下』，兩邊就都會停手了吧。」

怎麼這樣講，又不是狗。

當莊家的少女（令人傻眼的是，竟然是布里希嘉曼戰隊的副長）走到他們這邊來，於是萊登等人都拿出零錢賭辛贏。

「因為共和國對八六群體中的地位高低不感興趣，所以以前我們都是自己決定誰當戰隊長、副長或是小隊長。」

……原來是這樣。

好歹也是軍隊，竟然連這種事都不安排，共和國對牆外戰場的不聞不問，又一次讓蕾娜感到傻眼。

「可是『代號者』都比較自傲，就是不願意聽沒自己厲害的人發號施令。」

「應該說，正因為這是攸關生死的問題吧。沒人想被能力不夠格的蠢蛋帶著害自己送命。」

「所以必然都是最強的傢伙當戰隊長，但如果『代號者』只有一個也就算了，要是部隊裡有好幾個，誰也不會退讓。所以基本上都是像這樣，用拳腳分個高低。」

雖然這樣說很不好聽，但簡直跟獸群爭地位沒兩樣。

「先鋒戰隊也是這樣嗎？」

在第八十六區那個最後的戰場，是否也是一樣呢？

「那時辛的名聲跟實力都已經傳開了，所以打從一開始大家就一致認同由辛當戰隊長，萊登當副長。」

「……你們每次都這樣，把所有麻煩事都推給我。」

「沒辦法啊，我們那時候幾乎都不會讀書寫字嘛。而且就你跟辛的交情最久啊。」

戰隊長基本上還是得處理一些文書工作，如果戰隊長不克處理，就會由副長接替。他們兩人都受過監護人的保護，以他們的境遇來說算是接受過相對高等的教育。這些工作會交到他們手上，要說合理也確實沒錯。

「接著就是小隊長的位子，讓我、可蕾娜、戴亞還有凱耶來搶……蕾娜就任前有個傢伙叫九條，在那個戰隊裡他的個子最高大粗壯。結果他被最嬌小的凱耶踢飛，那次真的還滿精彩的。」

據說凱耶是反過來利用體重差距，拿九條的膝蓋當立足處往上衝，賞了他脖子一記飛踢。

蕾娜還有點不知所措，憂心忡忡地旁觀戰況，不過可蕾娜則是對她冷哼了一聲。

「沒事啦。辛不會跟女生認真，實際上現在也放水滿多的。」

「辛要是認真起來，可是會一腳踢過去喔。瞄準下巴之類的部位。」

「萊登一開始好像挨過那招？聽到那件事的時候，我還想說兩個人貼那麼近，是要怎麼動才能踢飛比自己高大的傢伙的頭，但辛還真的做到了。」

「我記得戴亞吃下那一記就當場昏倒了。那傢伙怎麼老愛針對那種能夠致人於死地的部位下手啊……哦。」

「嘩，那女的挺行的嘛，讓辛防禦了。」

對手拿大動作迴旋踢當佯攻，旋轉後順勢替換另一隻腳站立，使出一記高腳踢。辛一時之間躲不掉瞄準太陽穴的襲擊，以右上臂擋下，還讓軍服袖子弄破了一點。

對手是用戰鬥靴的側面與鞋底交界的鋒利直角砍來。

等於是回敬剛才的手刀，小塊鐵灰色碎布與一兩滴小血珠飛上空中。

就連至今不習慣接觸肉體暴力的蕾娜都感覺得到，那對血紅雙眸忽然徹底覺醒了。

「……這下好看了。」

「那傢伙要發飆了。」

賽歐與萊登輕聲低語的同時……

辛採取了行動。

他用擋下腳踢的右臂，把西汀正要收回的腳往上一撥。同時他犀利地向前踏出，縮短兩者間的距離，趁著西汀單腳意外被人往上撥而失去平衡時，辛接著用腳背勾住剩下站立的單腳膝蓋後方，直接就往上一踹。

「喔，哇……！」

西汀一瞬間完全浮空，辛單手抓住她的咽喉，將她以背部朝下的態勢往正下方砸去。

「……！」

如果對手是真正的敵人，辛已經直接把她砸在地板上了。

然而辛途中鬆開了手。出於生物本能護住頭部，並縮起身體的西汀，軀體只在重力的牽引下墜落了短短一段距離，接著狠狠摔在木質地板上。

雖然是個少女，但與男性同等的身高，加上實戰鍛鍊出的體魄，體重不會太輕。

西汀發出好像把濕皮袋砸在地板上的沉重堅硬聲響，陷入沉默。

聚集現場的所有人，都沒發出聲音。

沉默。

沉默。

還是沉默。

突然間，西汀抖動了一下。

她從大字形臥姿把雙腿一甩，利用反作用力重新站起，食指直直指向辛，精力旺盛地嚷嚷：

「……混蛋！我剛才要是沒做受身早就死了耶！」

「那就去死啊。」

「我怎麼看你差點就要咂嘴了！你這混帳真的想殺了我啊！」

「嘖……」

「天啊，氣死人了！……喂，女王陛下！妳看這傢伙就是這種人喔！會一臉滿不在乎的樣子對女人動手喔！」

「是妳像瘋狗一樣先跑來咬我的吧。閉嘴，喪家犬。」

西汀用手指指著人嚷嚷，辛則是用比平常冰冷上一倍的口氣回嘴。

總覺得整個情況根本像是十歲左右的小男生小女生在大聲吵架。

蕾娜面帶曖昧的笑容旁觀這個溫馨場面，她不禁心想——

別把我牽扯進去。

萊登跟賽歐則是抱著肚子笑到不行。

話雖如此，輸了就是輸了。西汀雖然滿口怨言，但還是退了出去，留下辛一個人待在人牆圍成的圈子裡。

「好了。」

辛想必是故意的，靜謐的血紅雙眸環視簡報室一圈。面對那種眼神，就連慣於戰鬥的八六，一時之間都不敢與他四目交接，嚇得畏縮起來。

西汀身為處理終端，一直以來都是作為蕾娜的——他們全體人員的指揮官「鮮血女王」的直屬部下戰鬥至今。所有人都認同她是最強的處理終端。

而辛卻把她當個孩子一樣，易如反掌地擊倒了她。

「如果還有其他人對我的指揮有意見，現在就出來解決。」

沒有半個人提出挑戰。

不對。

「俗話說入境隨俗嘛。那麼我也……！」

其實只有一個人。

達斯汀在人群圈子外鼓足了勁，正要脫掉軍服外套時，正巧人在他附近的安琪提出忠告：

「我跟你說，葉格少尉。」

她用大人看著小孩子說傻話的表情，抬頭看著回望自己，位置比自己稍高的眼睛。

「這種不知天高地厚的話，還是等贏過了我再說吧。」

「咦……呃不，跟女士打鬥未免也太……」

安琪甜甜地微笑了。

「放馬過來吧。」

在迅速開始分配賭金的喧鬧中，辛回到輕輕揮手的賽歐、萊登，以及可蕾娜與蕾娜身邊。

「辛苦了～」

「嗯……是說。」

講到一半，辛看向簡報室的角落。

「安琪跟葉格在幹嘛啊？」

「嗯～那算是管教吧。」

辛看向他們時，時機剛好。

「──嘿！」

「嗚哇啊啊啊啊！」

達斯汀輕而易舉就被安琪摔了出去，正湊上倒楣的桌子來場熱吻。

「阿涅塔，對不起，我並不是有意讓你們那樣碰面的。」

「不會。」

夜晚。

蕾娜如此說道，在隊舍的自己房間裡低頭道歉，阿涅塔則輕輕搖頭回應。

她的眼睛順勢看向窗外。突然迎接多達一百名的處理終端，讓自由時間的軍官餐廳顯得人聲鼎沸。

阿涅塔看到餐廳窗邊，有個清瘦人影在稍微遠離喧囂的位置獨自翻書，呢喃般地說：

「辛也是。我一開始完全沒認出來。竟然……」

雖然阿涅塔沒再說下去，但蕾娜似乎能明白她想說什麼。

竟然會……完全變了一個人。

†

星曆二一五〇年四月，聯邦救援派遣軍完成了耗時三個月的進擊準備，開始執行共和國北域收復作戰。

配合作戰，第八六獨立機動打擊群併入救援派遣軍麾下，受派前往舊共和國首都貝爾特艾德埃卡利特的救援派遣軍本部屯駐基地。

目前機動打擊群的戰力大半以八六組成，達到七個戰隊的規模。在屯駐基地，迎接這一百六十八名人員的是……

『八六滾回第八十六區！』

『將光榮的純白國土交還到人類的手上！』

在屯駐基地駐紮的地點——前國軍本部的正門正面，許多寫著這些字眼的全新布條，掛在一棟燒燬的，格外高聳的大樓上，隨風飄揚。

†

昨天應該已經由巡邏憲兵拆下的布條，如今又在辦公室窗外的同樣位置隨風擺盪了。

又來了。蕾娜皺起柳眉。今天又是一樣的內容，寫著「八六滾出去」、「奪回純白的國土」之類。

救援派遣軍的規模只夠維護領土與收復北域，並沒有派多餘人手來維持治安。因此部分國民看軍方沒有認真調查這件事，就不斷對八六做出侮辱行為。

以報到當天迎接他們的布條為開端，一下是蒙面高喊著帶有侮辱性質的口號，一下是趁夜散布內容煽動的傳單，一下又是基地周邊與日俱增的辱罵字眼的噴漆，甚至還有電台肆意播放的非法廣播。

內容不外乎就是「汙穢」、「滾出去」、「會這樣都是你們害的」。完全沒有半點咎由自取的自覺，只是重複著自私自利的惡意字眼。

過來確認文件的辛，突如其來地說：

「洗衣精怎麼了嗎？」

「……洗衣精？」

「『恢復純白』。」

蕾娜忍不住笑了出來。的確如果只聽這樣，根本就是洗衣精的廣告詞。

接著，她也變得垂頭喪氣。

「……對不起。」

「不會。應該說，蕾娜，妳也不用為了這件事道歉。」

辛這樣說，連一點不悅的樣子都沒有，甚至還面露淡淡苦笑。

「像他們那種人，我們說什麼都聽不進去的。就像沒事亂叫的狗一樣，誰在意誰就吃虧。反正說穿了就是吵而已，頂多像剛才那樣，笑著不當一回事就行了。」

蕾娜回望過去，只見辛不感興趣地聳了聳肩。

「所以妳不用放在心上……那不是妳的錯，請別露出這種表情。」

蕾娜苦笑了，雖然她知道辛顧慮她的心情，也覺得很高興。

「可是，我還是會在意。因為我……我也是共和國民。」

即使不能引以為傲，不值得敬愛，共和國對蕾娜而言，仍然是出生長大的祖國。

對於共和國民的這種低劣行徑，蕾娜同樣身為共和國民，感到可恥又難堪。

放著這種情況不管，厚著臉皮待在八六們面前，也令她無地自容。

「知道有錯卻視若無睹等於是幫凶。同樣身為共和國民，卻無法糾正他們的言行……還是讓我覺得沒臉見人。」

聽她這樣說，辛暫時陷入了沉默。

蕾娜感覺那雙紅瞳一瞬間，彷彿浮現出像是煩躁，又像是氣憤的眼神。

「……妳跟那些傢伙不一樣，我們所有人都知道這一點……那些傢伙的言行，與妳沒有任何關係。」

「話是這麼說，但實在令人看不下去。能不能想想辦法解決一下呢，維契爾上校？」

「對啦，看了的確讓人不愉快，可是……」

蕾娜趁著定期會議的機會提出請求，這讓葛蕾蒂傷腦筋地皺起眉間。

「我們已經透過司令部向臨時政府提出抗議，也拓寬了基地周圍的禁止進入區域，並強化巡邏工作。想要再做更多措施，可能有點困難喔。」

「……我想也是呢……」

「畢竟憲兵也只能在聯邦軍法範圍內行動，但我能體會妳的著急心情就是了。」

維持基地與周邊區域的治安，是憲兵的職責。關於這件事，由於蓄意減損兵員士氣的行為也在取締範圍之內，因此憲兵有在積極處理。

即使如此，還是無法阻止電台廣播，也無法阻止那些口號及傳單隨風飄來。

前兩天在演習後返回基地的路上，有人撒了滿地的橡果。聯邦軍人認為那不是危險物品，似乎並不介意，但蕾娜身為共和國人，偏偏知道那代表什麼意思。

共和國原本以農業與畜牧為主要產業。

橡果則是傳統的——豬食。

八六們雖然出生於共和國，但沒有學過國家的文化與歷史。所以很幸運地，幾乎沒人察覺其中的侮辱，然而……當蕾娜發現辛在運輸車中露出一絲苦笑，萊登也冷哼了一聲時，她覺得自己整顆心都被揪住了。至少他們是知道的。察覺到了別人對他們的惡意，只是沒說出口罷了。

蕾娜很想設法幫他們阻擋這一切，可是……

葛蕾蒂說道：

「雖然不是說無所謂，但是……八六他們本身並沒有放在心上，對吧？」

「……是的……」

蕾娜曖昧地點了點頭，這點也讓蕾娜深感意外，應該說百思不得其解。

並非所有人都像辛那樣漠不關心，常常有人會做出反應，講話也會提到。只是所有人都當成玩笑或胡鬧的題材而已。

每當大樓上掛起布條，就會有不知道是誰做的白豬布偶，掛在屯駐地目前無人使用的旗竿上處以絞刑。那些帶有侮蔑意涵的口號，隔天就會被重新填上惡搞的歌詞。傳單背後畫上可愛白豬的圖像，餐廳裡每晚都有人誇張地模仿共和國民，把大家逗得樂不可支。

或許只能慶幸他們看起來沒有受傷，但蕾娜覺得他們大可以更氣憤，或是做些抵抗。

畢竟無論是單方面踐踏這些八六，甚至不給他們權利反抗的共和國，抑或是第八十六區，都已經不復存在了……

「笑著不把惡意當一回事，也是一種抵抗的方式喔……況且對他們來說，事到如今可能連氣憤的必要都沒有了。」

「但是，錯誤還是應該更正。再說他們……沒有必要到現在還得甘願忍受這種不管怎麼說都很不講理的洩憤行為。」

蕾娜不禁加重了語氣。

「第八十六區已經不存在，他們不再受我們箝制了。現在他們大可以挺身抗拒那種惡意或侮辱才對……」

葛蕾蒂忽然皺起了眉頭。

「……這就難說了喔。」

意外的一句話讓蕾娜眨了眨眼。

「這是什麼意思呢……維契爾上校？」

「我跟他們……跟諾贊上尉他們只有這一年來的交情，我先聲明，這只是我在這段期間內的感受……」

面對微微偏頭的蕾娜，足足大她十歲的女性將校，用一種陷入沉思的神情說道。她開口的雙唇上仔細塗了口紅。

軍服胸前不同於蕾娜，長年累積的戰功與經歷以勳表的形式連接成排。

「那些孩子並不是堅強，不過是不堅強就無法生存而已。只是在那種過程當中，削去了柔弱的部分而已。」

這意思是——他們不是不會受傷。

而是已經傷到了盡頭，已經削減到沒有受傷餘地的意思……？

「妳所說的這些屬於他們柔弱的部分，就是被那種惡意削掉的喔。或許遭到他人蠻橫對待及侮辱時，氣憤並挺身面對才是正確的態度。可是那樣不就等於……要他們受到二度傷害嗎？」

雖說不至於用上真槍實彈，但重達十噸以上的「破壞神」一面互相施展高速機動動作，一面虎視眈眈地準備攻擊對手背後或側面的模擬戰鬥，對於不習慣的人來說仍然很吃力。

不知是因為疲勞，還是被對手耍著玩了半天眼花，達斯汀結束任務報告後，便搖搖晃晃地前往淋浴間。只見瑞圖一邊說著「我先走嘍——！」一邊就從他身邊腳步輕快地跑過。

目送兩個形成對比的背影，辛皺起眉頭。

各戰隊的人員部署，屬於戰隊長辛的權限範圍。他根據特軍校的成績以及在共和國的戰鬥紀錄，大致上已經做好了決定——雖然基本上是沿用在共和國的戰隊編組——但其中一個人就有點麻煩了。

安琪靠著走廊的牆壁，似乎在等辛出來，對他說道：

「你在煩惱如何安排葉格的位置嗎？」

「……是啊。」

比方說瑞圖雖然小達斯汀三歲，但那個少年在辛調到先鋒戰隊之前，就已經在他的隊上擔任處理終端了。兩年的戰鬥經歷以倖存的處理終端來說雖然較短，但還是比達斯汀長得多。

這兩年的差距一旦運用起「破壞神」難免就會如實地反映在演習時的勝率，還有戰鬥後疲憊的程度上。

「我是欣賞他的志氣，當然也不希望讓他白白送死。他只是決心與實力之間的落差還有點大而已。」

「我打算暫時將他安排作為備用戰力，不過……這次的作戰恐怕沒辦法有所保留。」

「……要不要交給我的小隊來帶？」

辛回望安琪，她面露些微苦笑。

「你不是本來就這麼打算嗎？負責前衛的辛跟賽歐的小隊不用說，萊登經常與你搭檔，所以一樣要待在最前線。但是可蕾娜是狙擊手，行動基本上都必須隱藏行蹤，不能讓容易被發現的生手直衛跟著她……我的隊伍負責大範圍壓制，對雙方來說都是最安全的，對吧？」

辛稍微想了想，便點點頭。

雖說有令人擔心之處……但正如安琪所說，辛原本也認為讓她帶是最好的選擇。

「拜託妳了……不過，如果妳覺得有困難……」

「不要緊，這點大家都一樣，白豬本來就是那樣……對吧？」

所有八六都有過遭受共和國踐踏的經驗。

「是啊。」

「上校也是。」

辛聽到意外的稱呼而眨眨眼，安琪對他苦笑著聳了聳肩。

「上校要是也能這樣看開……要是能早點放棄共和國，認為他們本來就是那樣，你也不用這麼煩心了吧。」

她那天青色的眼眸，像是表示關心，又像有點氣惱。

「……是啊。」

演習中收集到的知覺同步數據，以及處理終端的定期檢查結果，會全部送到阿涅塔手上，而她此時正在全像螢幕上開啟這些資料做確認。

目前沒有引起她注意的異常運作，也看不出對身體的影響。這種技術在共和國行之有年，阿涅塔知道大概不會出問題，但絕不會有所疏忽。

因為她是希望這樣能稍稍幫助到他，藉此贖罪，才會志願轉調的。

不知道瀏覽到第幾頁電子文件，阿涅塔看到那個名字與附加的人像照片，停住了手。

「……辛。」

無意識地伸到一半的手，在空中停住。不知不覺間，她緊緊咬住了塗上淡淡口紅的嘴唇。

「——諾贊上尉。」

一出聲呼喚，形式上點頭致意後就打算離開的他回過頭來。

「有什麼事嗎，潘洛斯少校？」

那靜謐的血紅雙眸，以及感情色彩平淡的白皙面容。在十年的歲月裡長高不少，體格清瘦，但經過長達七年的激戰而百鍊成鋼。宛如一把經過淬鍊的利劍，寂然佇立於月影疏落的古戰場。

過去的他並非如此。

以前的辛，不會用這種面對陌生人的眼神看阿涅塔。

「辛，你其實記得我吧？」

在他們前去執行特別偵察任務後，蕾娜向阿涅塔坦承過，她真的沒聽辛說過阿涅塔的事。她說辛連名字都沒提過，恐怕是完全不記得了。

阿涅塔認為那是通篇謊言。

辛不可能忘記。那時自己罵他是骯髒的有色人種，對辛而言應該是一場恐怖的背叛。應該會感到無比絕望，不敢相信就連最親密的阿涅塔都說這種話。豈止如此，阿涅塔還對他見死不救。明明有機會幫他，卻鬧著無聊的彆扭，眼睜睜讓人把辛與他珍愛的家人……送進了強制收容所。

辛之所以會失去家人，而且被迫在想必有如地獄的第八十六區戰場持續戰鬥長達五年，有一部分原因出在阿涅塔身上。

辛不可能不恨她。

絕不可能不憎恨她。

阿涅塔以為接機的時候，因為算是某種公共場合，所以辛克制住了。

或者正因為辛並未原諒她，所以故意假裝不認識。

即使如此，今後大家都在同一個隊舍，多得是沒有閒雜人等介入的講話機會。他很快就會跑來講些什麼……阿涅塔是這麼以為的。

然而後來日子一天天過去，卻什麼事也沒發生。

難不成……

難不成他是真的……？

「我是亨麗埃塔……是麗塔啊。曾經是你的鄰居……你應該……記得吧……？」

怎麼可能會不記得。

結果辛只是用有些困惑的眼神注視她，又用同一種目光緩緩搖了搖頭。

啊啊，他真的長高了……阿涅塔抬頭看他，這樣不合適的想法突如其來地閃過腦海。

因為記憶中那個兒時玩伴的少年，與年幼的阿涅塔個頭一樣高。

「……抱歉。」

那種眼神，是當年的他絕不可能對她露出的……面對完全陌生外人的目光。

蕾娜事前聽阿涅塔說過，今天會找辛談談。

她的目光讓決心與覺悟給覆蔽而顯得暗淡，並說假如發生了什麼事，都是自己造成的。所以無論如何，都希望蕾娜不要處罰辛。

雖然蕾娜認為不會發生什麼事。

因為身為八六的辛有著自己的驕傲，想必不會允許自己做出跟共和國白豬一樣的行為，況且

——他恐怕根本不記得了。

在日暮時分，明明即將熄燈卻沒開燈的昏暗房間裡。

只有癱坐在地板上的影子，受到走廊上的光線襯托而朦朧浮現。

「……阿涅塔。」

「他……不記得了。」

「…………」

果然……

「真的什麼都不記得了呢。不記得我們每天一起玩，不記得他住過的第一區的家，不記得我們玩過探險遊戲的庭院。被送到強制收容所之前的事情……他真的全忘了。」

經過十年以上的時光重逢的辛——在第八十六區長年戰鬥到獲得「死神」別名的八六少年，在戰場的慘烈下日削月朘到了這個地步。

所謂的磨削，就是削除多餘的部分。辛被磨利成斬殺「軍團」的一把利劍，戰鬥上多餘的部分，都已經被刮削掉了。

事到如今，阿涅塔才似乎能夠明白，所謂在第八十六區的那種沒有支援與指揮的戰鬥之中，長達五年與「軍團」進行無窮無盡的死鬥並存活下來，是怎麼樣的一回事。

若維持正常的心智，絕不可能活著。

原來竟是那樣的地獄。

阿涅塔雙手掩面。

「……那我該怎麼做？」

她就像迷失方向的小孩，聲音虛弱又細微。

「我早就知道他絕不會原諒我，不原諒我也沒關係，我必須道歉。但他根本就不記得我，我連想道歉都沒辦法。這樣的話，我是要怎麼做才能補償他……！」

經過壓抑，有如慘叫的哀號，讓蕾娜悄悄垂眸。

以前蕾娜想過，遭人徹底遺忘，對阿涅塔而言也許是種詛咒。

正是如此。

罪過需要懲罰，縱然不受寬恕，對罪人而言，仍然需要謝罪並做出補償。

一旦遭到遺忘，就連這點事也辦不到了。被抹滅的罪過，再也無法謝罪或補償。

阿涅塔的罪過永遠不得消除。

即使這也是站在加害者的立場，單方面的，令人渾身發抖的自私心態。

雖說不記得了，但辛似乎也有他的感觸。

不同於總部基地提供軍官以上階級的個人房間，鄰近前線的這座屯駐基地是多名處理終端共用一個房間，因此很難有機會獨處。

蕾娜到處找辛，最後來到了機庫，看到辛靠著自己座機的裝甲，翻開了書卻似乎沒在看，感覺好像在深思某些事情。

可能是注意到鞋跟的聲響，辛視線朝向蕾娜，繼而有些無力地搖了搖頭。

「……希望妳別太生氣。」

「我不會生氣啦。」

不記得阿涅塔的事……也不記得過去在第一區生活時的事，並不是辛的過錯。

「可是，你真的什麼都想不起來嗎？那個……就算不記得了，只要講講話，應該能稍微回想起一部分……」

「說我小時候有個玩伴，我只能說或許有……但無論是長相還是名字，都已經不記得了。」

當然。

更不用說跟那孩子吵架後，不歡而散的記憶。

「……壓制第一區之後……」

辛自言自語般說話的側臉，像個無家可歸的小孩般落寞寡歡。

「有人跟我說查出了我跟家人住過的房子，所以我就去看了一下。對方說理應已遭銷毀的處理終端人事紀錄不知為何留了下來，我家就是從那些紀錄追溯到的。」

「…………」

蕾娜知道。那是保存在國軍本部地下倉庫深處的戰死者紀錄。

其實是蕾娜告訴聯邦軍那裡應該有些資料，請他們做確認的。只是在開封之前，她並不知道裡面藏了什麼。

自大規模攻勢起，持續兩個月的戰鬥正如火如荼進行時，某位士兵透過無線電將這件事告訴了蕾娜。那人說他接手了前任的工作，本身也參與其中，將戰死者的紀錄隱藏並保存起來。

他說他原本是管制官。

在戰爭中失去工作，為了圖個溫飽而從軍。

一直看著少年兵擔任「無人機」的處理終端而死，最後他再也承受不住。

在他連管制工作都做不到，眼睜睜看著才十歲出頭的少年兵擔任戰隊長的戰隊全軍覆沒後，他選擇結束，向人事處申請調職通過。

——但是，米利傑上尉。到頭來，人終究無法逃避自己犯下的罪行。

通訊另一頭的士兵這樣說時，似乎在哭泣。

——我後來又見到了那個戰隊長。上尉，您也是知道的，就在先鋒戰隊的隊舍。

——是我為他們拍下最後一張照片。

——我以為我要發瘋了。

——當時我見死不救的少年兵還活著，然後半年後他真的會死。遇到這種狀況，我這次一樣無能為力。不……是不願意伸出援手。

——現在，報應來臨了。不只我……整個共和國都會死於這場戰爭。死了，然後被人遺忘。

可是，說不定有一天，有人會想起他們的事……

老天爺或許聽見了這份祈禱，八六的戰死者們照理來說應該會連存在都遭到消除，但幾乎所有人的人像照片都留了下來，對於其中幾名倖存者而言，就像辛這樣，還能作為線索追尋遭人剝奪的過去。

蕾娜還記得，這是以那位怯懦、善良的人事處士兵的性命作為代價。

「怎麼樣了呢……？」

「就是一棟陌生的房子。」

即使親眼看到也一樣。

他說，他還是想不起來——……

「……無所謂。」

聲音似乎……

就像在勸慰自己一般。

「不記得以前的事情，從來不會讓我痛苦。沒有那些記憶，我一樣能戰鬥。不記得故鄉或家人，還是能打倒『軍團』。記得不必要的事情會變成絆腳石，我反而還嫌那些記憶礙事。」

害怕失去，會妨礙前進的腳步。

捨不得失去，會讓人裹足不前。

他必須將戰鬥不需要的部分一個個割捨掉，否則就……活不下去。

「以前我只要想著誅殺哥哥，就能活得下去。只是一回神才發現，就連哥哥的事情，我也幾乎想不起來了……這讓我覺得有些寂寞。」

因為我無法記住哥哥的事。對，在第八十六區，辛的確這麼說過，說所以他很高興蕾娜願意記得。

「……辛，我聽說你的祖父仍然健在。」

那是齊亞德帝國議會的大人物，曾是武士門第棟梁的大貴族——塞耶．諾贊侯爵。

如同過去雷告訴過年幼的蕾娜，諾贊之名只有他們家族使用那樣，即使在帝國或日後的聯邦，仍是非常罕見的姓氏。更正確來說，只有他們家族獲准使用這個姓氏。

當然，在辛受到保護的時候，已經由恩斯特詢問過諾贊侯爵，確認辛就是逃家長子的兒子。

聽說諾贊侯爵後來屢次要求見面，找過監護人恩斯特、長官理查少將或葛蕾蒂，這半個月來蕾娜也接到過要求。

說想見他，希望能讓自己見他一面。

但辛本人似乎不肯答應，因此以蕾娜的立場來講，到目前為止她也沒說什麼。

「你的祖父應該還記得你的哥哥跟家人的事情吧？說不定身邊還有家人的照片……不妨見個面如何？」

辛只是幽幽地，無力地笑了。

「見到了又能怎樣？我從沒見過那個自稱祖父的老人，祖父記得的父親，我並不記得。我能跟他說什麼……事到如今還要為了什麼而見面？只不過讓雙方都感到空虛而已。」

只會讓雙方深切體會到，失去的事物一去不復返。

忽然間，蕾娜注意到了。

辛說他不記得，想不起來。

但其實並不是想不起來，而是——……

「事到如今，我沒興趣特地去回想，所以我並不想見他……潘洛斯少校也是。」

包括連是否真有其人都想不起來的，自稱兒時玩伴的她。

「如果想道歉……想把以前的事情一筆勾銷，她大可以自己忘記，不要來找我就是了。」

他根本不想發現自己忘得一乾二淨——不想意識到自己失去的東西。

†

「好了，我自認為這是精心傑作，妳可以儘管誇獎我喔，蕾娜。」

配合蕾娜就任作戰指揮官，她得到了專用的指揮車輛。

呼號是「華納女神」。包括知覺同步的監測儀在內，毫不吝惜地配備了最尖端的指揮管制設備，是「鮮血女王」的御用座車。

蕾娜為了領取車輛而前往機庫，當她看到全新裝甲指揮車以及旁邊穿著工作服的賽歐，愣了一愣。

她看到指揮車的側面，繪有身穿鮮紅禮服的女性剪影。

是「鮮血女王」的——蕾娜的識別標誌。

賽歐笑嘻嘻的，像是為了驚喜行動成功而高興。

「很帥氣吧？有點像香水或珠寶的品牌商標那樣。反正大家的都要重畫，所以來到聯邦軍之後，我有稍微學一下喔。」

賽歐說的沒錯，圖案設計得挺有品味。而且賽歐的自不待言，跟辛、萊登、可蕾娜或安琪的識別標誌，也有種共通的風格。

雖然蕾娜早就想到應該是出於同一人之手——但沒想到是賽歐畫的。

又羞又喜的心情湧上心頭，蕾娜面露微笑。能成為他們的一分子讓蕾娜覺得有點驕傲，而且賽歐為自己準備了這樣的驚喜，他的心意也讓蕾娜很高興。

「要畫成『穿紅禮服的白豬』——也不是不行喔。」

蕾娜俏皮地說，賽歐用沾到油漆的臉頰苦笑了。

「不不不，那也太誇張了，妳怎麼扯到白豬去啦……該不會還把洗衣精的事放在心上吧？」

看來那什麼騎士團的通稱就確定是洗衣精了。

難怪被處以絞刑的可愛小豬布偶，最近會戴著清潔劑的盒子。

「嗯……算是吧……說不在意是騙人的。」

「那些事又不是妳做的，不用放在心上啦。反正我們習慣了，根本無所謂。」

「可是……如果你們其實覺得不高興，可以明說沒關係喔。因為你們現在……不，而是打從一開始就有這個權利。」

「那樣很麻煩耶，就跟妳說了我們不在乎嘛。」

「再說了──」賽歐仰天說：

「我要是把妳的識別標誌畫成白豬，天曉得辛會怎麼罵我。我還不想死呢。」

「……為什麼會扯到辛呢？」

蕾娜被賽歐半睜著眼斜瞪。

「咦，什麼意思，妳不會是沒弄懂吧？」

「……弄懂什麼？」

賽歐痛切地從腹腔深處嘆出一大口氣。

「嗚哇啊啊麻煩死了啦啊啊啊……應該說我開始同情辛了，他都表現得那麼明顯了耶。」

「…………？」

「啊啊，沒關係，不懂就算了，跟妳解釋就太不知趣了……是說……」

說著，賽歐雙臂抱胸。

表情有點生氣。

就跟前兩天……對，就跟那時辛說不用在意洗衣精的行為時，露出的表情一樣。

「辛也跟妳說過，叫妳不要再一臉悲壯了吧？現在這件事也是，又沒人在怪妳，麻煩妳……不要再擅自抱持罪惡感玩自虐遊戲了。」

†

辛對第四隻自走地雷連續擊出三發手槍子彈，然後直接拋棄彈匣。雙進彈匣的九毫米手槍裝彈數為十五發，他只留下膛室的一發與彈匣的兩發後直接卸掉彈匣，換上備用彈匣，並在第五隻站起來的同時擊發。

這種技巧稱作戰術換彈。由於自動手槍是利用射擊的後座力裝填下一發子彈，如果把膛室射光才替換彈匣，會需要進行上膛的動作。運用這種技巧可以避免浪費那段時間，以持續進行射擊的動作。

因為對付比人類更具敏捷性的「軍團」，連這一個動作都會要人命。

當最後一顆子彈擊出，滑套釋放鈕抬起時，自走地雷的——全像式的目標也停止湧出。辛一邊看著射倒的目標全數立起顯示射擊結果，一邊把後退的手槍滑套推回原位。

在屯駐基地的射擊場，一旁觀摩的萊登看看不用特地過去確認的全像目標，也能看見彈痕漂亮地集中在胸部控制裝置，開口說道：

「你是不是火氣有點大？」

「我……」

辛反射性地想否認，又閉口不語。

雖然他非常……應該說極其不願承認……

「……或許是吧。」

「是那個獨眼女……我看不是吧。也就是說……」

萊登假裝思忖片刻。

「蕾娜嗎？」

「……是啊。」

一開口承認，就覺得果然——讓他感到很不高興。

不是蕾娜的言行，是束縛她內心的事物令辛不悅。

「我認為我從來沒有責怪過她……但她似乎還在為那些騷擾行為煩惱。」

洗衣精的一連串騷擾行為，對辛而言是真的無關緊要。頂多只有小飛蟲在身邊飛來飛去的不快感受，不至於讓他介意。

早就習慣了。

只要在第八十六區擔任處理終端，跟幾乎沒一個好東西的共和國軍人接觸個幾年，遲早會習慣，會明白那些傢伙不過爾爾。

只要是八六，關於這點大家的看法都是一樣，頂多只是程度上的差異而已。

沒有半個人在意——更別說有誰會認為那是蕾娜的錯。

明明是這樣。

萊登露出一副明顯不耐煩的表情。

「是喔——」

「……怎樣？」

「沒什麼……只是覺得誰的事情不好想，偏偏整天掛念著你最討厭的那些人，就算是你也會生氣吧。」

「…………」

萊登現在說的「就算是」跟「你」之間大概插入了很多壞話，只是沒講出口罷了。

辛冷眼抬頭看萊登——他絕不會說出口，然而這種從認識以來就沒變的身高差距，一直讓辛心裡很不痛快——「哼。」萊登嗤之以鼻。

「好像是說『因為我也是共和國民』？……我是不太懂，但只不過是正好在那裡出生，有著同樣的外貌色彩，就會這麼有感情嗎？」

八六不記得出生長大的故鄉，連家人的長相也記不清楚，對他們而言，祖國是一種不太伴隨實際感受的概念。不管是收容所還是戰場，都不是相同民族能夠共處一地的環境，所以民族(色彩)相同就是同胞的意識也極其淡薄。

要說故鄉的話，自己決定戰到最後的戰場才是故鄉。

要說同胞的話，自主決定用相同方式生存的八六才是同胞。

出生地、民族或國家都不是自己選擇的，他們無法理解對這些事物抱持歸屬意識是什麼樣的感覺。

因為他們八六以自己與同伴為依歸，自主決定自己的生命形態，肯定這種面對人生的態度。

「潘洛斯少校也是，還有聯邦也是，我真不懂他們為什麼那麼執著於我們的過去。」

「是啊，你那個以前的老朋友……實際上到底怎麼樣了？還是想不起來嗎？」

「毫無印象。」

辛是戰隊的總隊長，阿涅塔是知覺同步的技術顧問。即使私下沒有事情碰面，後來還是有許多機會進行職務上的事務性對話，但辛還是對她沒印象。

或許也因為辛根本沒興趣去回想。

「人是由土地與血脈構築而成的存在……這話好像是芙蕾德利嘉說的。但我還是搞不太懂就是了。」

「這方面的事情，你應該記得一點吧？」

萊登以八六來說屬於例外，直到十二歲之前，一直有人將他藏匿在八十五區內。所以比起其他人，記憶受到強制收容所惡劣環境磨滅的程度應該沒那麼大。

「說是這樣說，但老婆婆的學校又不在我家附近……況且自從成了處理終端之後，老實說我沒心情去回想……一回神才發現，老爸老媽的長相還有什麼出生的故鄉，都已經想不起來了。我想我這方面跟你差不多喔。」

「……你會想回去嗎？」

假如即使想不起來，還是能回到故鄉的話。

萊登扭曲起嘴角。

那形狀像是笑臉，但散發的感情反倒像是厭惡或排斥。

辛不禁心想，原來如此，的確沒有不同。

關於那方面的事，彼此還真的是連想都不願去想。

「——不想。」

作戰會議結束，辛幾乎是同時離席走了出去。

阿涅塔今天又跟他說不到話，但目送他的背影離開時，有一陣稚氣的嗓音叫住她：

「汝就算像個戀愛中的少女般注視著，現在的他也沒有義務體諒汝的心意呢，白毛頭。」

是芙蕾德利嘉。她用齊亞德稱呼白系種的粗話——特別是對共和國人的蔑稱如此說道。

聽出她的言外之意，阿涅塔倒抽一口氣。接著才察覺到一點，瞪視著她說：

「……我懂了。這就是妳的異能嘛，千里眼魔女。」

「這要怪汝滿腦子都是那件事，還用欲言又止的眼神，依戀不捨地追著辛耶跑……余想不在意都不行。」

芙蕾德利嘉不屑地說，抬頭看著阿涅塔。

「人家都跟汝說不知道了，汝就該看開。之後汝儘管擅自了結此事不就得了。」

「可是……因為，我得道歉。不然我——會無法前進。」

芙蕾德利嘉用鼻子小小地哼了一聲，當中不只有明確的侮蔑，甚至含藏敵意。

「不是無法前進，是回不去吧。汝不過是想回到兒時的幸福歲月，恢復那時的關係罷了。汝是想將汝的罪過一筆勾銷……嘴上說傷害了辛，其實根本看都不看那道傷痕，汝只是想一個人解脫罷了。」

「唔……」

阿涅塔僵在原地，無法動彈。

芙蕾德利嘉定睛注視她，肯定地說。那瞳眸有如火焰，就跟辛一樣，是焰紅種的血紅瞳眸。

「辛耶——那些被汝等剝削一切的人，忙著保護自己都來不及了。汝如果打算給他增加多餘的重擔——就由余來對付吧。」

†

蕾娜挑了個空閒時間約辛去貝爾特艾德埃卡利特的市區，是想稍微幫阿涅塔一把。

因為即使只講一次話不夠，即使只造訪一次無法回想起來，也許還是能因為某種契機勾起他的記憶。

自從收復失土以來，已過了四個多月。首都貝爾特艾德埃卡利特的大街上，當然已經開始進行重建的工作。在戰火中燒燬的大樓以及折斷的行道樹雖然都還維持原樣，不過瓦礫已經徹底清空，路上的行人也混雜著銀色頭髮與鐵灰色軍服。

唯獨春日陽光與溫潤藍天的光景一如往昔，打動著蕾娜的心。

「……雖然有點遠，不過要不要去月光宮看看?之前那附近戰鬥較少，所以建築物都還保存得很好。」

「月光宮？」

「就是建國祭時放煙火的地方。你說過曾經跟哥哥還有家人去看過……我們說好總有一天要一起去看看，對吧？」

「喔……」

辛配合蕾娜的步調慢慢走著，先花點時間回想一下，然後苦笑道：

「那時候是說要一起看煙火吧？說好大家一起看建國祭的煙火。」

「啊……對耶。那就不能只有我們兩個人去了，等放煙火時，再找大家一起去吧。」

「我是覺得等到建國祭來臨時，我們已經回總部基地了……真要說的話，以目前的狀況來看，先別提建國祭，煙火會不會還有點困難？」

「是啊，所以……再找一天，下次有機會的時候。」

蕾娜走到辛的面前，停步抬頭看他。

這個約定，是真的能夠實現的約定。

跟某個煙火之夜，辛明知不可能實現仍做下的約定不同。

辛似乎察覺到了她的言外之意，便點點頭，柔和地說：

「也是，總有一天一起看。」

「辛，你現在有沒有想看看什麼？還是想去哪裡、想做什麼？」

這番話以前辛曾聽過一次。

當時蕾娜才剛就任指揮管制官，也從沒想過要問辛叫作什麼名字。

蕾娜當時不知道辛什麼都不想要——無從得知他注定半年後必定得死，還問這種問題。

不過，現在不同了。

如今他可以企求未來，變得只要企求就能到手。現在的他，對未來不知道有何期望——……

想了一想，辛說：

「蕾娜，那妳呢？」

「這個嘛……」

蕾娜不知不覺間露出微笑，有些雀躍地說：

「總之，等這次任務結束，我想到軍械庫基地後面的森林去打獵還有釣魚。我還想去聖耶德爾看看。啊啊，還有海邊之類的，我還沒看過海呢。」

聞言，辛加深了笑意。

「不錯呢……總有一天，一定成行。」

「是呀，一定。」

其實現在這樣……一起走在街上晃晃也是蕾娜想做的事情之一，不過這是祕密。

蕾娜害臊地加快了腳步，辛看看她的背後，忽然說了：

「……妳突然想外出，是為了潘洛斯少校的事嗎？」

看樣子被他看穿了。蕾娜尷尬地停下了腳步。

「是的……我知道這件事我不該插嘴，可是……阿涅塔是我的朋友，而且辛也是……那個，不只阿涅塔，我也希望你能想起家人的事……」

蕾娜緊緊閉起眼睛，低頭道歉：

「對不起，是不是讓你感到不高興了？」

「不會不高興，只是……」

辛稍稍偏頭，有些遲疑地停頓一會兒，然後下定決心般說了：

「我不是很懂……為什麼要這麼拘泥？」

意想不到的疑問，讓蕾娜很是困惑。

「問我為什麼……」

「蕾娜也是，潘洛斯少校也是，如果共和國的行徑或過去的記憶令妳們痛苦，拋開那些事情就是了。妳們不這樣做……沒有辦法把過去就這樣藏在心裡，卻希望我想起來，這是為什麼？」

這種想法完全異於常人，好似剛出生的魔物一類會懷抱的疑問。

祖國跟過去都是自我存在證明（Identity）的一部分。至少對蕾娜而言是如此。然而辛卻輕言捨棄，使得蕾娜一瞬間對他抱持近似寒意的感受，便趕緊將這種想法趨出腦海。

即使如此，仍留下了疑問。蕾娜反倒想問，為什麼他會這樣毫無執著？

失去故鄉與家人，甚至連相關記憶都失去了，辛——八六們難道不哀傷嗎？

只是零星片段也好，難道不會想找回一點過去嗎？

家人、故鄉，或是當時兩小無猜的友人。無法記得幸福時光的記憶，現在仍然想不起來……

「這……因為過去或祖國，是我的一部分。我的一部分，是割捨不掉的。之所以問你想不起來會不會難過，也是因為……那些應該也曾是你的一部分。」

「即使記不得家人及故鄉的事，我還是我。我認為那些對現在的我來說是不必要的記憶。」

「可是，你記不得哥哥的事，不是讓你感到很寂寞嗎？」

「這……」

辛彷彿感到困惑，又像頭腦混亂，閉口不語。

紅瞳一瞬間——展露出不安定的搖曳。

像是畏怯，又像害怕。

「的確，我並不想忘記。但如果我記得哥哥的事，我——」

這時，一陣幼兒特有的響亮且尖銳的聲音說道：

「——媽媽，『那個』的顏色為什麼那麼奇怪？」

霎時間，午後街上的悠閒氣氛，在一瞬間內凍結了。

講話的是個與母親牽著手走路的白系種幼童。

稚嫩的指尖指著辛。

「頭髮是髒髒的黑色，眼睛又是紅色的，好噁心喔。那麼可怕的妖怪，為什麼沒有人去消滅掉呢？靠近妖怪會髒髒耶。」

母親急忙喝住小孩：

「不……不可以這樣！怎麼講這種話……！」

「到處都是那種妖怪，好可怕喔。快點抓起來趕出去嘛，那種東西不要在這裡比較好。」

「不要再說了！」

不分青紅皂白的斥責，只顯得虛偽做作。就好像不是在開導小孩，而是對旁人做出「我有阻止」的表面工夫。

辛對他們露出看開的……不如說像看石塊一樣漠不關心的輕視眼神，自言自語地說道：

「原來如此，這樣看起來的確……今後可能會演變成一大問題。」

口吻聽起來完全事不關己。

他的口氣讓蕾娜受到超乎預料的打擊，暗自屏息。

雖說出生於共和國，但對於身為八六的辛而言，共和國早已不是祖國。蕾娜以為自己明白這一點，然而……

小孩執拗地一直喊著好可怕、好噁心。母親硬是摀住小孩的嘴，猛地低頭道歉：

「真的很抱歉！雖然小孩子講話總是沒分寸，冒犯到您了……」

「……嗯。」

辛揮揮一隻手，一副怎樣都無所謂的態度。母親一再低頭賠罪，抱著小孩逃也似的走遠。

然而當她抱起小孩轉身離去時，蕾娜清楚聽見她憋不住的聲音，也看見了她望過來的帶刺蔑視眼光。

「——你以為你是誰啊，偽人類。」

蕾娜氣得火冒三丈。

「唔！請妳等……」

她正要追上去時，手臂被抓住了。

回頭一看，是辛。

「蕾娜，沒關係，講也是白講。」

「什……！」

蕾娜甩開那手，轉向辛。即使穿著高跟包鞋，她與辛仍有將近十公分的身高差距。蕾娜不在乎這個距離，直直瞪著他說：

「什麼叫作沒關係！你被人侮辱了！現在也是——至今一直都是！你們明明是來救他們的，可以說是為了他們而戰啊！」

「不管是以前或現在，我從來沒有為共和國人而戰。」

辛的聲調顯得有些不服氣。

大概自己也發現語氣太尖銳，辛就像減低內部壓力般吐出一口氣，即使如此，仍以流露出煩躁的聲音繼續說：

「我已經習慣共和國人講我閒話了，也不覺得受到侮辱……況且不管說什麼，他們都聽不進去。妳會去傾聽豬的叫聲嗎？同樣的道理，對共和國人而言，八六終究不過是人形家畜罷了。」

聽到這種冷靜透徹，甚至顯得冷酷無情的口吻……

蕾娜雙手握拳。

「辛，我也是共和國人。」

辛一瞬間住了口，神情似乎不太愉快。

「是呢……抱歉。」

「我並沒有把你們當成家畜，但……我是共和國人。」

「妳跟他們不一樣。」

「是啊。」

她明白辛是這樣想的。

明白辛認為蕾娜跟那些傢伙不一樣。

「你認為我跟共和國的白豬……跟徒具人類外形的下流人渣不一樣……是這個意思吧。」

八六們不會為共和國人的行為生氣，也不會想去糾正。

這是因為共和國人是白豬，只是假裝講人話，其實根本不懂自己講了什麼，不懂別人對他們說的話是什麼意思，也不願接受。因為他們是連善惡都不會分辨的齷齪、下流的白豬。

跟豬生氣也沒用。

因為跟豬講道理……牠們也不可能懂。

怪不了他們八六。

遭受到迫害的人，會把迫害者視為人渣是理所當然。

只是，他們那種過於冷酷無情的割捨方式——教人哀傷。

「原來你們也一樣……會把對方當成豬玀，認定為跟自己不一樣的異類。」

這跟白系種的歧視觀念，大概並不一樣。

但他們認定雙方絕不可能互相了解，把互相誤解視為理所當然。

共和國的確曾經是他們出生的祖國，而他們對共和國或國內人民都不抱任何期待，至今不曾改變這種觀念，讓蕾娜很傷心。

就像讓她領會到在第八十六區，八六們對共和國抱持的冰冷憤恨與絕望，如今仍是得不到撫平——……

辛一時沉默了。

然後他淡然地，平靜地點了點頭。

「……是啊。」

—不存在的戰區—

What is the biggest enemy.
For them to live.

第三章　此面向敵

「——那麼，我開始說明作戰內容。」

貝爾特艾德埃卡利特屯駐基地不怎麼寬敞的簡報室，此時擠得水泄不通。

人員包括站在全像螢幕前面的作戰指揮官蕾娜、旅團長葛蕾蒂與五名幕僚、目前旅團擁有的七個戰隊的戰隊長與戰隊隊員，以及參加該項作戰，負責進行其他調查的技術軍官阿涅塔。不知為何還有一名吉祥物。

「參加戰力為先鋒、布里希嘉曼、極光、呂卡翁、雷霆、方陣、闊刀，總計七個戰隊。我們將以目前第八六機動打擊群擁有的所有戰力，進行本次作戰。」

由辛擔任戰隊長，以舊第一戰區第一戰隊倖存者為核心人員的先鋒戰隊；以西汀為戰隊長的前「女王家臣團」布里希嘉曼戰隊；旅團中唯一以舊戰鬥屬地兵組成，由班諾德率領的極光戰隊；與辛及西汀同樣以東部戰線為主戰場的尤德·克羅少尉的雷霆戰隊，以及瑞圖·歐利亞少尉的闊刀戰隊；北部戰線出身的曆·滿陽少尉的呂卡翁戰隊，與來自南部戰線的大河·阿斯哈少尉的方陣戰隊。七個戰隊共計一百六十八人。

即使如此，根據辛的索敵結果指出，「軍團」軍防衛部隊達到一個連隊的規模，用這點人數與它們對峙令人不太放心。雖說大半應該是利於隨機應變的斥候型、近距獵兵型與自走地雷，以及專事埋伏的反戰車砲兵型。

「戰鬥區域為舊夏綠特市中央車站地下總站，以及其周邊設施。」

地下總站的三維全像式地圖顯示出來。那是個深達地下七層，最大深度一〇五公尺，東西長達五公里的巨大地下設施。

「天啊，麻煩死了……」處理終端們當中，冒出類似這樣的喧嚷。

採光用主軸上下貫穿各樓層，圓頂狀的主廳以它們為中心，從此處延伸出蛛網狀通道與月台，還有地下鐵隧道縱橫交錯。另外再加上切換線、機廠及各種維修通道，形成極其複雜又狹窄的戰場，而且還多達七層。

麻煩的是各種建築的上下樓層不在同一縱軸上，例如七座主軸就像順時針一般描繪出和緩的螺旋紋路，上下兩座之間還錯開排列。周圍的設施也配合這種方式設置，導致地下一樓與地下七樓之間，各設施的位置偏離了足足超過一百八十度。

這就是徹底打亂人的方向感與位置感官，惡名昭彰的夏綠特地下迷宮的全貌。

「……共和國人該不會都是些白痴吧……？」

瑞圖一臉認真地低語，這使得一旁的大河打了他的頭，要他閉嘴。

老實說，蕾娜也這麼覺得。

「第一目標是發電機型控制中樞，位於第五層中央第五區主廳。第二目標是第四層東北部第八區的自動工廠型控制中樞……依據諾贊上尉的索敵情報做推測，從地形特性來看，這兩種『軍團』都不可能移動。」

無論是發電機型還是自動工廠型，本來一如其名，都是大如一座城市的巨大工廠，不是能在地下鐵設施內行動的大小。所以應該可以認為它們是用地下設施的牆面代替框架，將整座設施改造成了「軍團」。

「另外，發電機型的核融合發電設備本體，據推測應該放在第七層的防災用儲水槽裡，該設施不需進行壓制……應該說請勿進入儲水槽，有些地點的輻射量非常危險。」

畢竟辛的異能已經掌握到第七層以下似乎連「軍團」都不存在。想必是游離輻射的能量太強，導致「軍團」的電子機器撐不住。

這次作戰的目的並非完全壓制整座設施，至少只要能擊毀第五層的發電機型就結束了。其餘戰鬥型會撤退，或者遲早會停止運轉。第六層以下更是本來就無須前往。

「先鋒戰隊與闊刀戰隊經由地上中央車站主軸入侵設施，極光戰隊與雷霆戰隊則從通往第一層南區的地下鐵隧道同時入侵。先鋒戰隊與極光戰隊負責突圍，闊刀、雷霆戰隊請擔任後援。」

「了解。」

「布里希嘉曼戰隊擔任地面作戰本部直衛，呂卡翁戰隊於本部留守。至於方陣戰隊……」

「可以讓我借用，對吧？」

阿涅塔淡然地插話。

阿涅塔以知覺同步的技術顧問身分，接受救援派遣軍高層的委託進行某項調查。雖然跟這次作戰無關，但出於一些原因必須同時進行。

「是的……另外，作戰區域目前屬於『軍團』支配區域範圍。在作戰開始之前，救援派遣軍會先行壓制以中央車站建築為中心的半徑十公里以內區域。趁著區域內淨空的時候，由機動打擊群實行本次作戰……封鎖時間最長為八小時，請各位在那之前擊毀目標。」

以結果來說，可能這個部分也得由機動打擊群單獨實行，只是就現況而言，戰力仍嫌不足。

「占領設施內部的壓制地點，以及與作戰本部進行聯絡中繼的工作，有救援派遣軍本隊借予我們的裝甲步兵部隊會負責，後方聯絡線就交給他們防衛……以上報告有任何問題嗎？」

在各隊戰隊長聚集的最前排，辛舉起了一隻手。

「上校，我可以提一件事嗎？」

「什麼事，諾贊上尉？」

「在本次作戰中，請不要太指望我的索敵能力。」

蕾娜眨了一下眼睛。

「好的……可是，為什麼呢？」

辛的表情有點悶悶不樂。

「我想單純只是習慣問題……我能準確掌握二維平面上的位置，但三維的……上下方向的位置就不太有自信了。」

辛等八六駕馭的「破壞神」是陸戰用兵器。儘管他們經歷過大樓較多的巷戰，以及地形高低不平的山地戰，但基本上自機與敵機都在陸上——都存在於同一平面上。

複數戰場上下交錯的戰鬥，不只處理終端——當然，辛也沒有經驗。

「再加上在這麼狹窄的地形進行戰鬥，可以預見將會頻繁發生小部隊之間的戰鬥。要掌握所有狀況，對所有人做出警告……我想實在有點困難。」

「到了關鍵時刻，你這死神弟弟偏偏就派不上用場。」

西汀用揶揄的口吻說，辛則是不予回應。

可能是天生犯沖，這兩個人非常容易起爭執。應該說從初次見面起，他們就像吵不膩似的，成天到晚為了一些雞毛蒜皮的小事起衝突。

平時神情總是沉著到討人厭的辛，只有這種時候會露出符合年齡的孩子氣表情，因此蕾娜其實也會偷偷期待兩人間起激烈衝突。

「至於我們布里希嘉曼嘛，總是會有辦法啦。我的『獨眼巨人』是感應器強化型，可以由我看著。」

芙蕾德利嘉好像嫌麻煩，冷眼看著兩人說道：

「包括那邊那兩個傻子在內，關於各部隊的狀況，就讓余來追蹤吧。縱然不知敵情，只要知悉友機的狀況，總能設法解決。」

這個據說是旅團隨軍吉祥物的少女身懷異能，只要知道對方的名字與長相，就能透視那人的狀況。

不過辛或萊登等人都不肯透露更多，蕾娜又莫名不得本人歡心，因此她不知道這樣一個小女孩怎麼會待在軍中。

總之，蕾娜對著比旁人低了一截，戴著軍帽的小腦袋瓜微笑道：

「那就麻煩妳嘍，羅森菲爾特助理官。」

哼！她用鼻子哼了一聲，把頭撇開。

簡報室裡又流過一陣難以言喻的氣氛。

附帶一提，旁觀的葛蕾蒂與參謀們，從剛才就在死命憋著不爆笑出來。

可蕾娜微微偏頭說：

「由我們突圍是可以，可是，該怎麼說，不能用那種可以刺進地面引爆的炸彈嗎？忘記叫什麼了，像是Bunker buster之類的那種東西。」

碉堡剋星炸彈（Bunker buster）。正如其名，就是能夠穿透建造於地下的堅固碉堡（Bunker），鑽入設施內部後爆炸，殺傷內部人員的大型炸彈總稱。

穿透深度各有不同，不過有的炸彈威力甚至強大到能穿透厚達六〇公尺的鋼筋水泥。雖然無法一發破壞廣大無邊的夏綠特市中央車站地下總站，但投下個幾枚，至少夠破壞控制中樞了。

附帶一提，碉堡剋星炸彈出於運用方式的問題，絕不可能配備於陸戰兵器，不過前兩天參謀長拿給他們的怪獸電影裡有出現，可蕾娜似乎就是這樣學到的。

關於那些堆積如山的資料媒體，大家講了半天，結果還是天天在餐廳或談話室的電視播放。對於孩提時期完全沒享受過這種娛樂的八六們來說，似乎是份頗受好評的禮物。

總而言之，蕾娜搖一搖頭。

「碉堡剋星炸彈必須從高空投擲重量級彈頭以進行加速，利用這種動能穿透地堡。以現況來說，制空權在『軍團』手裡，我軍無法運用轟炸機投擲炸彈。」

可蕾娜皺起了眉頭。

「呃……？」

萊登從旁補充說明：

「從高處丟很重的東西下去，東西會陷進地面，但如果就站在地上往下丟，頂多只會留下凹痕對吧？同樣的道理，她說碉堡剋星炸彈也必須拿到非常高的地方丟，否則不會像上次的電影那樣穿透地面。」

「哦——……」

「所以只能用『破壞神』衝進去就對了……」

哼。西汀冷冷嗤笑。

「好吧……我說啊，大帥哥。要不要跟我比一場？你的先鋒戰隊跟我的布里希嘉曼戰隊，看哪邊能先壓制發電機型。」

「布里希嘉曼要負責作戰本部的直衛任務吧？妳打算玩忽職守嗎？」

「交給極光戰隊的大叔們去做就好啦，在地面上看家太無聊了啦。」

「……本部直衛交給我們是無所謂……但小鬼吵架別把我牽扯進去好嗎……」

班諾德小聲說的話遭到雙方無視。

「我怎麼可能把突圍職責交給看心情放棄任務的白痴啊，乖乖當妳的看門狗去吧。」

哇啊～～

賽歐不出聲地喃喃驚嘆。辛只是沒顯露在臉上，其實罕見地火大。

辛接著輕嘆一口氣以轉換心情說話了。

西汀照樣賊賊地笑著。

「關於鐵路方面的突圍路線，每條路線都有『軍團』常駐。看它們幾乎沒有移動，想必是進行埋伏的戰車型或反戰車砲兵型……我方要如何應對呢？」

蕾娜英氣凜然地點了個頭。

「我已經想好對策了。」

†

舊夏綠特市中央車站，環狀七號線內圈的鐵路上。

從地面降至地下一樓的隧道黑暗空間中，那架戰車型就埋伏於搬運進來的瓦礫裡，遵循上級指示的警戒命令，不知疲倦地等著迎接可能到來的敵機。

單線用細窄隧道雖然連左右旋轉砲塔都有困難，但反而適合用來防衛。正因為是細窄隧道，敵機一定會出現在己方的固定彈道上，左右兩邊都無處可逃。縱使敵軍投入行動自如的步兵，也都是些極其脆弱的單位，以多用途榴彈一射就能掃蕩乾淨。就算自己遭到擊毀，按照計算，砲彈誘爆而坍塌的砂土，或是戰車型本身無法開動的龐大身軀，也都會阻擋敵機進軍。敵機慢吞吞地撤除障礙物時，下面多的是援軍可以爬上來。

這樣堅固的據點，百分之百不可能遭到突破。

這時，往地面延伸的鐵路遠遠另一頭，有某種東西發亮了。

同時還有伴隨激烈震動的轟然巨響。有某種東西正飆速接近戰車型潛藏的環狀七號線鐵路。戰車型的感應器雖然探測性能較低，卻很快就捕捉到了那個物體，對方的速度就有這麼快。

轟嗡！那東西發出推擠封閉空間空氣的獨特尖吼，像高速衝下懸崖般沿著下坡鐵路衝過來。

出現在眼前的……

是一組將用以支撐的車輪全換成滑橇狀構件，內部塞滿瓦礫與廢料，並有著十節車廂的鋁合金地下鐵列車。

金屬鐵軌散播刮削出的火花受到火箭助推器的加速施加推力，以猛烈速度往下衝。重量足足多達數百噸的龐大質量，直接壓在六〇噸的戰車型身上。

戰車型一瞬間承受住了這龐大的能量。

僅僅那麼一瞬間而已。

†

『全火箭滑車確認啟動——全地下鐵質量彈突圍，確認已排除障礙。米利傑上校，路線已淨空了。』

『收到。』

從知覺同步的另一頭，可以聽見「華納女神」的管制員埃爾文・馬塞爾少尉的報告，與蕾娜回應的銀鈴般嗓音。

比起兩年前，指揮管制官的聲音彷彿添了點冷硬，加上湧自地下深處的撞擊震動，讓萊登在「狼人」當中發出呻吟。

「——居然用火箭助推器幫遭到棄置的無人列車加速，把推測擋在各鐵路上的『軍團』統統撞飛……」

為了預防可能發生的出軌意外，地下鐵隧道打造得相當堅固。雖說不太容易發生坍方……但該怎麼說呢，這個做事手法也太果決了。

「呃，辛……那個上校真的是在第八十六區時負責管制我們的那個愛哭鬼大小姐吧……？」

『……我是這麼認為的。』

銀鈴般的聲音宣告。

用冰冷又堅硬的，符合鮮血女王之名的聲調說：

『路線淨空——華納女神總部呼叫全機，開始突圍。』

「——出發。」

中央車站建築的大廳，柱狀陽光透過鑲嵌在圓頂天花板穹頂的高透明度玻璃，經由主軸送達地底。

由「送葬者」帶頭，二十四架「破壞神」翻越防止入侵的柵欄，跳入光柱之中。

一行人將鋼索鉤爪射進牆面，進行垂直降落。隊員以最快速度拋出鋼索讓座機降落，所有人的表情沒有一絲鬆懈。在這種姿勢下幾乎沒有行動自由，要是敵機從下方狙擊就只能坐以待斃。

陽光從頭頂上照耀他們。

在宛如春日祝福的金光當中，「破壞神」滑落著下降。呈現白骨磨亮色澤的四腳蜘蛛，在光芒之中，由背負著肩扛鐵鍬的無頭骷髏徽章（識別標誌）的蜘蛛領軍。

如同玷汙聖域神聖氛圍的魔物。

同時，又如同某篇神話中的一幕場景。

褻瀆的同時卻又含藏莊嚴，呈現奇妙缺乏真實感的光景。

過去每天都有數萬人來來往往的這個場所，如今沒有半個人責備此種場面，或是為之感動地屏息。

以知覺同步共享的聽覺聽見那個時，萊登低吼道：

『……有東西。』

「嗯。」

一行人通過厚實水泥的地層，到達地下一樓的中央大廳。玻璃後面的幽暗空間，潛藏著令他們看到厭煩而難忘的銳角形輪廓。

辛一面定睛注視對方，一面讓「送葬者」踢踹玻璃牆。

機體離開牆面，像鐘擺般盪回的瞬間，辛就啟動了破甲釘槍。連戰車型上方裝甲都能貫穿的五七毫米電磁釘槍一打之下，強化玻璃當場粉碎四散。

在閃爍著吹飛的細小玻璃碎片中，「送葬者」與隨後跟上的二十三架「破壞神」降落在黑暗的大廳裡。

「——嗯？」

在從地面延伸至地下，通往地下一樓的圓形隧道中，光線照射不到的無邊黑暗裡，西汀駕駛著「獨眼巨人」順著鐵軌在隊伍前頭疾馳。這時她看到雷達螢幕上孤零零亮起一個光點，便讓愛機停止前進。

西汀的「獨眼巨人」加裝了讓人聯想到獨角獸之角的天線裝置，是強化了通訊與索敵能力的夜戰專用機。與「軍團」開戰的初期階段，共和國於第八十六區的極少數戰場實驗性地部署了同型的「破壞神」，如今由「女武神」繼承其血統。

敵我識別器（IFF）沒有回應。顯示無法識別敵我的白色光點，在與資料庫做過比對的下個瞬間，變成了代表敵性存在的紅色。數量一個一個增加，一眨眼之後令人發毛地爆增，把雷達螢幕染得通紅。

那些東西從平緩傾斜，通向地下深處的隧道底層爬了上來。它們彷彿繪製成諷刺畫中的單純人形，四腳著地的爬行方式與奔跑速度就如同野獸一般。

西汀在夜視模式的主螢幕上看看它們，嘴角如撕裂般揚起。

「總算現身啦……我都等得不耐煩了呢。」

西汀慢慢拉開嘴角笑著，異色雙眸中透出了暴虐與凶殘。

戰隊二十四架機體降落在彩色磁磚地板上的同時，那些東西從待機狀態切換至戰鬥狀態，關節部位解鎖的細微金屬聲「唰」地響徹四下。

長軸約莫兩百公尺，在等同於樓中樓位置縱橫布滿了吊橋狀通道，形成比地面更廣的大廳。

最深處有著寬闊的階梯，那等間隔的通道圍著橢圓形的大廳，仿造樹幹的柱子則與電梯不規則地遮蔽了視野。

光學感應器的亮光在幽暗中閃爍，開始運轉的高周波刀尖聲叫喚，層層間迴盪共鳴。

「破壞神」們背對從主軸灑落的陽光散開，幾乎於同一時間，黑暗另一頭也轟然響起砲聲。

超音速反戰車砲彈的水平彈道刺進了玻璃豎井。「破壞神」以小隊單位在整座大廳中擺開陣形之後，無聲的敏捷機影就追逐著他們高速疾馳了起來。

這時「送葬者」一如平常，已經衝進了「軍團」的隊伍正中央。

辛一腳踩住倒楣的反戰車砲兵型，同時用高周波刀一擊將其擊斃，並迅速環顧「軍團」防衛部隊的編制。

……如同上校所料，是吧。

主力是適合埋伏的反戰車砲兵型，近距獵兵型與斥候型則是負責護衛。在戰鬥型「軍團」中盡是些輕量機種，就目前看來，一輛戰車型或重戰車型都沒有。

在狹窄的地下空間，戰車型及重戰車型會無法靈活行動。戰車砲擅長的攻擊距離約為兩公里左右，就連長軸約兩百公尺的這座大廳，對它來說都嫌太窄。若是用極端強力的戰車砲彈胡亂破壞太多柱子，可能會導致設施本身整個崩塌。

不過這點，對我方來說也一樣。

「全機注意。盡量少使用主砲。對付反戰車砲兵型與近距獵兵型，用副武裝應該就夠了。」

『收到。』

辛與正面衝來的近距獵兵型錯身而過——在這前一刻緊急煞車。近距獵兵型的預測失準，刀子揮空，辛就往斜上方揮刀將其砍倒，踩著它的殘骸將破甲釘槍打進第二架的天靈蓋。他壓低高度犀利一躍，就跳進了反戰車砲兵型的後方集團中心。

『辛，我先壓制上面喔，那個要是跑下來會有點麻煩。』

「笑面狐」以及歸賽歐指揮的小隊機擊出鋼索鉤爪，上升跳到樓中樓的網狀通道。辛趁著混戰的空檔瞄了一眼，只見自走地雷從牆面往隔壁區塊挖通的走道，像大水傾瀉一樣匍匐而出。

……有點多啊。

辛確認過上部通道、主廳與附近一帶的敵機數，接著瞇細了眼。

能夠攜帶的槍彈與砲彈數有限，特別是破甲釘槍的裝藥量偏少。高周波刀之類的近身武裝不用擔心彈數問題，但在參加這場作戰的全體處理終端當中，只有辛一個人裝備這種武器。

按照計畫，「破壞神」壓制下層時，裝甲步兵會占領並把守上層，因此彈藥不足時回去補給就行了，但是……

「……早知道這樣，也許該帶菲多過來的啊。」

「——嗶。」

「唔？」

在「華納女神」好幾面光學螢幕的角落，芙蕾德利嘉看到螢幕映照到的指揮車旁邊，菲多不知道在做什麼，重複著不規則的原地踏步。

總覺得菲多散發出一種不滿的氛圍，就像大型犬以為好不容易可以一起去散步，卻被主人拋下，對不在場的主人發出抗議低吼似的。

芙蕾德利嘉在自己的堅硬座椅上踮起腳，隔著指揮裝甲車又窄又厚的窗玻璃看看一旁的「清道夫」，不禁拿它沒轍地苦笑。

不是好像，菲多這次是真的被拋下了。

在狹窄隧道綿延不斷，地形複雜又上下交錯的地下鐵總站戰鬥，無法帶著個頭比「破壞神」高且動作遲鈍的菲多同行。這次作戰當中，他們決定讓菲多只負責將補給物資運送至作戰區域的任務，不讓它陪同進行戰鬥，但菲多本身似乎還無法接受。

在作戰即將開始時，菲多直到最後一刻都纏著辛不放，表示無論如何都要跟去（應該），辛則是說什麼都不准。

芙蕾德利嘉切換耳麥設定，用外部揚聲器說：

「好了，菲多。該適可而止了。」

「嗶！」

「汝跟著一起去，若是在地下道遭到擊毀，可是會阻擋辛耶他們的退路呀。汝難道想引發那種狀況嗎？」

「嗶……」

菲多一聽，頓時消沉地垂頭喪氣。芙蕾德利嘉忍不住展露笑容。

「無須擔憂，他們會平安歸來的。汝與他一直以來共同戰鬥的時間最長，他那人絕不會敗給區區幾隻『軍團』，這點汝是最清楚的吧。這次也一定不會有事的。」

「嗶！」

「哦，汝真是聰明伶俐。當然余也是明白，畢竟這兩年來，余可是與辛耶同住一個屋簷下，於同一部隊戰鬥至今呢。」

匡啷！輕巧物品落地的聲音傳來，一看，蕾娜正把弄掉的文件夾板撿起來。

「……抱歉。」

她佯裝平靜地說道，銀鈴般的嗓音明顯動搖。

芙蕾德利嘉輕瞄一眼她的側臉，翹起嘴角。

在視野邊緣，馬塞爾等管制官與正副駕駛都摀起耳朵趴在儀表板上，唸誦著「啊～～啊～～沒聽見我什麼都沒聽見」之類的謎樣咒語。

「哎呀，汝是怎麼了啦，米利傑上校。是不是好奇余跟菲多，還有辛耶的關係呢？」

聽到這句話，蕾娜無意識地噘起嘴唇。

她想起之前作戰就要開始了，辛與菲多卻在「華納女神」旁邊鬧得不可開交的模樣。

——我說了，這次不能帶你去。你在本部待機。

——嗶……！

辛一臉困擾地一再重複，菲多則一副不依的模樣，左右搖晃恐怕少說有十噸重的龐大身軀。外人看到這種稀奇古怪的別離場面八成會笑到肚子痛（實際上西汀就笑到動不了，萊登則是傻眼到說不出話來），但蕾娜笑不太出來。

當然，對辛來說菲多應該是交情最久的戰友，是可貴的隨從。

菲多那麼黏辛，辛想必對它也格外有感情，雖說是自動機械，但難免也會比較疼愛它。

但是看了心裡不舒服就是不太暢快。

纏著主人不放的「清道夫」簡直就像頑固但忠心的獵犬。辛雖然無奈地皺眉，相反地，嘴邊卻和緩地呈現些微苦笑。

真要說的話，這個名叫芙蕾德利嘉的少女，職稱好像是什麼莫名其妙的勝利女神（吉祥物），就因為同樣是夜黑種與焰紅種的混血，常常一副簡直就是親妹妹的態度待在辛身邊。辛大概沒有自覺，但也滿寵她的。

老實說，這讓蕾娜感到非常不痛快。

「沒什麼。」

話說芙蕾德利嘉並沒有關掉外部揚聲器的開關，所以這段對話都被外頭聽得一清二楚。

『……軍士長，我們會不會是被當成了路旁的郵筒還是什麼？或者路標什麼的？』

「別管那麼多。」

負責作戰本部直衛的是第八六機動打擊群當中，唯一以傭兵為主體的極光戰隊。

聽到戰隊員偷偷用知覺同步提出怨言，班諾德給出簡短回答。

『不是啊，您不覺得很空虛嗎？我們完完全全被當成擺飾了耶。』

「反而該謝天謝地吧。你是想拿什麼表情跟一群毛孩子玩扮家家酒啊？」

『……這倒也是。』

一群小孩為了雞毛蒜皮的小事時喜時憂，又過度在意沒必要去在意的事。對本人來說或許事關重大，讓班諾德來看卻只覺得麻煩透頂。

班諾德當然也會覺得「那個鐵面隊長竟然……」好吧，或許只能說總算有點年輕人該有的可愛了。

「別扯這些了，你們可不要只顧著講話而鬆懈啊。那些小鬼正在地底下應戰，要是本部遇襲，地面淪陷，那可一點都不好笑。」

『了解。』

「而且……」他橫跨好幾世代在戰場上過活，造就出有如小個頭熊羆的體格，此時待在對他來說太擠的「破壞神」駕駛艙內，仰望著內壁用鼻子噴氣。

「我有種不祥的預感……不過對付那些『軍團』，我看也不可能進展得多麼順利就是了。」

即使有那個「死神」尊為指揮官的「鮮血女王」運籌帷幄也一樣。

「——吃我這招！」

鐵鎚般一揮到底的「獨眼巨人」左前腳，踹飛了企圖從死角爬到身邊的自走地雷。自走地雷在衝擊力道下斷成兩截飛出去，上半身與下半身一邊不規律地牽起痙攣，一邊摔落鐵路與鐵軌之間的水泥地。新的一批自走地雷踏過它那本來就沒有生命的死屍，從黑暗深處或是維修用通道接連湧出，匍匐而來。

連張臉孔都沒有的粗糙人偶，用異樣迅速的動作伏地爬來，群圍著「破壞神」腳部的模樣，簡直有如恐怖片裡的成群喪屍。為了誘騙人類而假扮傷患或幼兒的細弱合成人聲的呢喃細語，更加促發了沒來由的恐懼。

——媽媽、媽媽。妳在哪裡，媽媽？

——帶我一起去，我也要去，帶我一起去。

——救我，不要丟下我。

「少跟我來這套！」

聽見換作平常人早就嚇得發抖的呢喃巨浪，西汀卻露齒而笑。她踢開、踩爛它們，用「破壞神」的鼻頭撞飛它們，在螞蟻般黑壓壓的一群自走地雷中一路衝殺。

若是在接觸狀態下引爆，反戰車自走地雷的威力足以炸穿「破壞之杖」的上部裝甲。雖說西汀將所有進入危險距離的敵機一個不剩地打爛，但是用裝甲薄弱的「破壞神」這樣行動等於是失去理智，明知不可為而為之。

「獨眼巨人」經過強化的感應器發出警告。濃藍右眼瞥了一下接近警報，拉動操縱桿緊急煞車。

說時遲那時快，如果沒有緊急停止的話，「獨眼巨人」本來位處的地方就有幾架幼兒型自走地雷從頭頂上的維修用通道跳下。

預測失準的小小手掌撲了個空，塞滿炸藥的肚子朝下，啪滋一聲難看地摔在水泥地上。

「豬腦袋。」

西汀嗤之以鼻的同時扣下扳機。

背部砲架的主砲發出咆哮，四處散播的霰彈把試圖站起來的自走地雷們撕成碎片。

這是八八毫米的霰彈砲。犧牲穿透力，著重於對抗輕量級「軍團」時的壓制力，善於應付極近距離內的砲擊戰，是西汀的固有武裝。

「哈！簡直是池塘裡的鴨子！沒挑戰性！」

THE BASIC DRONES

[「軍團」的基本戰力]

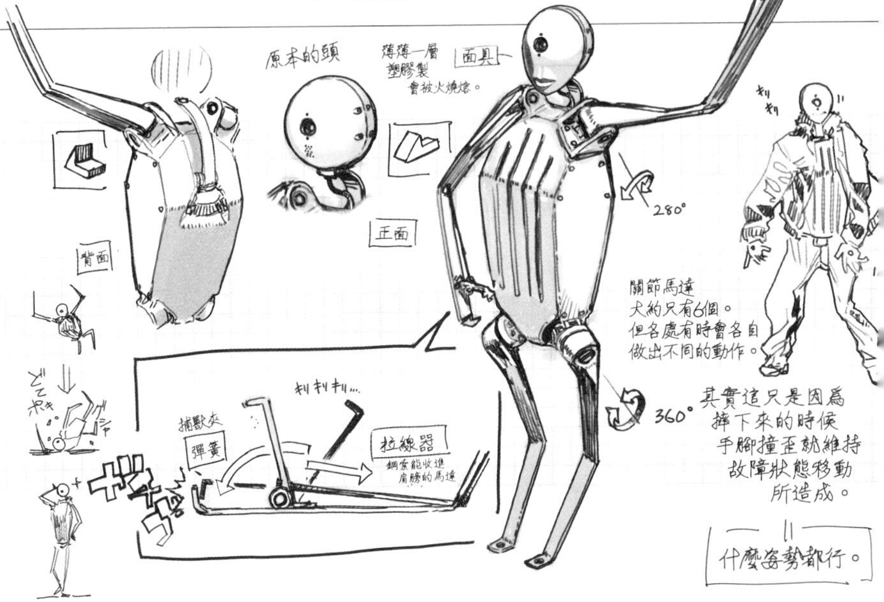

背面
原本的頭
薄薄一層
塑膠製
會被火燒熔。
面具
正面
280°
關節馬達
大約只有6個。
但各處有時會各自
做出不同的動作。
360°
其實這只是因為
摔下來的時候
手腳撞歪就維持
故障狀態移動
所造成。
什麼姿勢都行。
捕獸夾
彈簧
拉線器
鋼索能收進
肩膀的馬達

[軍團對人用特殊兵器]

自走地雷（傷兵型）

[ARMAMENT]

對人用：高性能榴彈

or

反戰車用：高性能成形裝藥彈

兩者其一藏於胴體內。

※本兵器為自爆兵器。

[SPEC]

[身高] 1.8m

[移動速度]時速約50km（移動時採取四腳步行形態）

與其他機體相比大異其趣的「軍團」兵器。其主要目的為「抱住」人類，或是人類軍的裝甲兵器，進行自爆。本兵器是唯一能發出「合成語音」的軍團，傷兵型會發出「救我」、「媽媽」等聲音假扮為瀕死士兵，殺害靠近的軍人。此外，目前由於雙方陷入長期戰爭而使得數量減少，但另有針對一般民眾下手的嬰幼兒尺寸「兒童型」，在開戰初期造成多人犧牲。比起其他「軍團」戰力，本兵器雖然由於尺寸較小，即使在封閉環境也能靈活行動，但裝甲脆弱，以對人用步槍即可擊毀。

被撕得碎裂的人型機種碎片散落鋪滿了水泥地，西汀讓「獨眼巨人」踢開碎片，衝進繼續接連爬上來的成群自走地雷之中，同時呵呵大笑。

「先鋒那幫人還在中央大廳跟敵人打鬥……趁獵物還沒被無頭死神搶走，我們就先吃光！」

正面裝甲連同左右高周波刀遭到砍碎的近距獵兵型，沉重地崩潰倒下，陷入沉默。

以友機的砲聲餘韻作結，大廳再次慢慢恢復沉寂。辛留意整座大廳的狀況並環顧四下……應該都解決乾淨了。

「——上校，中央大廳已壓制。」

『收到，諾贊上尉。其餘敵機交給闊刀戰隊掃蕩，請你們清空通往第二層的通道。』

「收到——上校，妳還好嗎？」

辛察覺到蕾娜的狀況，問了一下。因為他聽出回答當中，混入了些微嘆息。

『咦？……還好，只跟各部隊隊長同步的話，人數不算太多。』

雖說聽覺同步的情報量較少，但跟超過一百名處理終端長時間同步，仍會造成很大負擔。

為此，身為作戰指揮官的蕾娜僅與各戰隊的戰隊長，以及步兵部隊的大隊長同步。辛除了與麾下的戰隊員全體人員同步，還另加上各戰隊長。兩人同步的人數雖然相差無幾，但對不習慣的人來說，光是這樣就夠吃力了。

『在大規模攻勢當中，我曾經一次指揮過更多人，所以還好……不用這麼擔心我沒關係。』

這時另一個聲音岔入對話：

『抱歉，打擾你們對話，我是潘洛斯。如果第一層已經結束壓制，我這邊也該出發調查了。如同簡報時說過的，我要借用方陣戰隊嘍。』

『我是阿斯哈少尉。事情就是這樣，方陣戰隊也要開始移動了。』

接著換成方陣戰隊的戰隊長大河．阿斯哈的聲音說下去。辛聽著那給人耿直印象的聲音，忽然說道：

「——阿斯哈。」

『什麼事，諾贊？』

「呃，不——……」

也沒什麼特別的事，只是……

「我覺得不太對勁。地面的阻電擾亂型配置數量很多。你們雖然在戰鬥區域外，但你絕對不可以鬆懈。」

大河似乎輕聲笑了笑。

『你真是愛操心呢，學長……收到。別擔心，我無意放鬆戒備。』

「潘洛斯博士。雖然周圍已經進行了封鎖，但這裡還是戰場。只要我判斷有危險，就請妳立刻撤退。」

「我明白……但不好意思，我會分心，可以請你們離我遠一點嗎？」

阿涅塔目送膚色淺黑的方陣戰隊戰隊長大河．阿斯哈少尉回到愛機後，準備開始辦正事，環顧整個現場。

這裡以前是辦公大樓，跟第八六機動打擊群作戰本部隔了點距離。他們人在圍繞車站建築的大廈群之一，寬敞的一樓毫不吝惜地整個用作入口大廳，樣式時髦的電梯在最深處一字排開。大廳中央採用挑高天花板，描繪出優美銀色曲線的鐵軌造型美術品貫穿空間，必定是象徵著地底下縱橫交貫的夏綠特市地下迷宮。

位置更高的天窗大概是碎了，上空的阻電擾亂型讓白色大理石地板染上淡淡銀色。阿涅塔穿著包鞋走在上面，喀喀作響。

據說在這棟建物的周遭，聯邦軍偵察部隊的同步裝置會發生故障。

那時部隊正為了迎接收復作戰而收集情報，已經是好幾個月前的事了。

根據報告指出，部隊員之間的同步沒有問題。只是除了部隊員以外，似乎還有其他同步對象，而且連結狀況不穩定，斷斷續續的。就像在戰場上，常常會傳出的情節粗糙的鬼故事一樣。

聯邦的同步裝置，是拿最早抵達聯邦的辛等五人的裝置，進行分析、重組，說穿了就是劣質複製品。即使是共和國的原版也有一堆不明之處，只是最起碼可以運作而已，所以性能上其實差不多。

眼下阻電擾亂型的電磁干擾阻礙了一切通訊，知覺同步是目前唯一確實可靠的手段。若是在某些條件下無法正常運作，將會對作戰行動形成障礙。

所以阿涅塔才會接到調查委託，而她認為自己這個最高權威親自過來確認比較快，才會像這樣來到戰鬥區域附近。

但戴著過來的同步裝置在運作上沒什麼可疑的異狀。阿涅塔為了保險起見，還是確認了一下，不過負責護衛的方陣戰隊隊員們似乎也沒感覺到異狀。

阿涅塔將手塞在白袍口袋裡，在入口大廳到處走走。就在她探頭看看一個角落時，陷入了一陣短暫的沉默。

「……什麼嘛，原來是這麼回事。」

†

潛盾隧道工法是使用與隧道直徑同尺寸的圓筒形鑽掘機（潛盾機），用前端的刀盤挖掘砂土前進，同時設置稱為環片的牆面零件，一邊固定坑道一邊前進的開鑿方式。

環片是高度一到二公尺，寬數十公分到一公尺左右，有一定尺寸與形狀的支撐材料，所以利用潛盾隧道工法建造的隧道就像圓環無限連綿，可以看到幾何圖形無止無盡地延伸。

用鋼板環片固定的第二層東北區塊隧道也不例外。

辛駕駛著「送葬者」帶領隊伍在緩緩彎曲著伸向地底的隧道中前進，同時在無意間，陷入一種奇妙的感覺。

走了再走，景觀卻從未改變。無限圓環彷彿引誘外人進入，又彷彿將人吸進其內，兩道鐵軌綿延至看不見的遠處，天花板上有電線，牆面上有著不知道是什麼的纜線類。規律排列的燈具此時沒有點燈，靜謐地絕滅。放眼望去一片銀色的無限迴廊暗沉浮現於永夜之中，彷彿古代帝王陵墓，甚至堪稱莊嚴。

宛如持續奔跑在無法醒轉的惡夢裡，時間的感官變得曖昧。

宛如置身於神話大蛇的胎中，奪走一個人的現實感。

據說單調的連續景觀能誘發某種類型的催眠狀態。辛一邊看著恐怕比眼中距離延續得更遠，乍看之下像是永無止盡的幾何圖樣，一邊如是想。走在戰場上，同時又像沉入自己的內心世界，感覺很奇妙。

——你記不得哥哥的事，不是……

或許是因為這樣，無意間，記憶中宛若銀鈴的嗓音重回耳畔，讓辛眉頭緊鎖。

——你的祖父應該記得家人的事情……

——辛，你其實記得我吧……

全都是多餘的。

他不記得了。事到如今……他也不願憶起。

悲嘆之聲傳入耳裡，在前進方向的地底深處，漸漸看得見矩形光芒。辛確認突入口周遭沒有埋伏後，維持原本的速度直衝而入。

劇烈強光燒灼著習慣黑暗的眼睛。辛微微瞇細雙眼，順便環顧一圈。

地板上開出一個巨大的圓形水池作為培養爐，裡面盛滿水波蕩漾的銀色流體奈米機械。另有以高分子材料編織人工肌肉構成「軍團」驅動系統核心的生成機，及金屬加工用的壓床跟車床。

在更裡面的位置，輕量級的斥候型與近距獵兵型在輸送帶上一字排開，還有組裝戰車型與重戰車型的乾塢。就像掛在衣架上賣的西裝那樣，製作到一半的無數人型機種吊在半空中，那是自走地雷的裝配線。

可能是用以檢查成品，有點類似人體用掃描裝置，但遠比那巨大的箱型機械，穩穩屹立於遙遠的最深處位置。

或許是為了用上全副力量迎擊「破壞神」，視野所見的所有設備都停止了運轉。在奇妙地爬滿一地的輸送帶狹縫間，林立的機械手臂或天花板上的橋式起重機在動作途中暫停的模樣，看起來就好像整座設施斷了氣……然而……

——有東西。

在機械背後，或是在起重機吊臂的遮蔽處。屏息藏身於所有位置的悲嘆之聲，已經在辛的異能掌握之中。

「……戰隊全體人員注意。將彈種變更為高速穿甲彈（APFSDS）。」

無人出聲回應，只有每架「破壞神」八八毫米砲沉重的填彈聲接連響起。

「首先是左右生成機的背後，各十二架──連同生成機一併打穿。」

†

在阿涅塔的視線前方，略為開啟的牆面面板後方的擁擠收納區，縮著一具乾枯的遺骸。

遺骸穿著共和國的深藍軍服，脖子上有擬似神經結晶的藍色光輝，應該是共和國軍的指揮管制官。

阿涅塔沒有驗屍的經驗，但從屍體徹底乾枯的狀態來看，不是最近才死的。話雖如此，但屍體也並未腐爛，所以應該是在寒冷乾燥的冬季斷氣，很可能正好是偵察部隊來到這幢建物附近的那個時候。

「一下子連上，一下子又斷線的……是你吧。」

事情很單純。偵察部隊的知覺同步差點連上的對象，是在那個瞬間還活著，而且慢慢步向死亡的這具遺骸。

知覺同步與物理距離無關，真要說起來，聯邦軍人與共和國軍人也不可能互相設定為同步對象，但畢竟阿涅塔沒讓將死之人用過知覺同步。

人類的大腦目前仍然是比同步裝置藏著更多謎團的黑盒子。如果假說屬實，人類死後會在集體潛意識的底層融化消失。在那個瞬間，或許也有可能對周圍展開的知覺同步產生反應。

但我可不想做相關實驗。她低頭看著無人送最後一程的遺骸，如此心想。

偵察部隊之所以沒發現這個共和國軍人，想必因為他們在找的是「軍團」，而不是人類。聽說聯邦的裝甲強化外骨骼（Armored skeleton）「狼戰士」的感應器能力沒有斥候型那麼強大，更不可能發現瀕死而無法動彈，體溫降低，心跳又變弱的身軀。

阿涅塔能夠發現他，幾乎只是巧合。

……況且我可不擅長玩捉迷藏。

不經意閃過腦海的念頭，讓她咬住嘴唇。

阿涅塔不擅長躲藏……也不擅長找人。

應該說以前的辛太在行了。

阿涅塔不管怎麼躲都會馬上被辛發現，但辛一躲起來，阿涅塔卻完全找不到他，每次都是她當鬼的時間比較久。

即使如此，他們仍然一起玩了好幾次捉迷藏。

——找到麗塔了。

因為不管阿涅塔躲在哪裡，辛總是能找到她——並露出她喜歡的笑容。

回憶往事，讓阿涅塔幾乎潸然落淚。為了趕走哀傷，她瞪著眼前的遺體。

無意間，她注意到了一件事情。

「……為什麼……」

這具遺骸，怎麼會死在「幾個月前」？

「軍團」的大規模攻勢始於去年的晚夏，離現在已經將近一年了。

阿涅塔不會忘記，那是八月底的建國祭之夜。北部的鐵幕倒塌，然後僅僅過了一星期，首都貝爾特艾德埃卡利特就淪陷了。夏綠特市是北部的副首都，那時當然就已經化為一處無人的廢墟了。「軍團」不抓俘虜，不會區分軍人或民眾，不可能有人存活下來。

之後共和國的殘存勢力被逼得不斷往南方撤退，因此之前提到的偵察隊，是第一批再次踏入夏綠特市的人員。而且當時的救援派遣軍裡，沒有任何一個共和國軍人。

不可能有共和國軍人在幾個月前死於此地。

——這是……怎麼回事？

就在這時——

在阻電擾亂型的銀色雲層下，方陣戰隊的戰隊長大河．阿斯哈讓隊友們嚴加把守調查中的大樓，自己也駕駛著「破壞神」進行警戒工作。這時他忽然皺起眉頭。

「——這還真讓人吃不消。」

搭檔了好幾年的知心好友兼副長艾娜，帶著苦笑發句牢騷：

『我現在沒連上所以還好，但那些「軍團」的聲音真的讓人很難受呢，大河。』

「是啊……一天二十四小時都在聽這種東西，真虧諾贊能保持理智。」

雖說同樣身為八六，不過辛早在兩年前就被送到第一戰區第一戰隊——存活太久的八六的最終處理場，然後就直接被放逐到「軍團」支配區域，與半年前都還待在第八十六區的大河等人沒有交集。

辛遠近馳名的異能，大家也只是聽說過，實際上接觸過的人幾乎都沒活下來。

就連慣於戰鬥的八六，連那冷徹的鮮血女王在最初接觸到這種異能時，都陷入了恐慌狀態。戰隊長或副長級人員在作戰當中必須隨時與辛保持同步，所以他們會事前與辛同步幾次，讓身心習慣那種負擔。

照理來說應該已經習慣了，但……還是挺吃不消的。

如同物理層面上的聲音，「軍團」的悲嘆之聲離音源越近就越大聲。在戰鬥中，而且是與擅長白刃戰，跟「軍團」展開肉搏的辛同步時，與其他時候造成的負擔比起來完全是兩回事。

這就是將負責的管制官，以及承受不住死者悲嘆的八六一個個逼瘋的「死神」啊——……

大河想起不負這個別名，那張感情色彩薄弱的面容與冷徹的血紅雙眸，嘆了口氣。

只不過，或許正因為暴露在這種聲音當中還能保持理智——抑或是長期暴露在這種聲音當中，使得正常感性受到磨損，所以儘管接觸到那麼多人的毀滅與死亡，辛還能夠繼續戰鬥，撐過戰鬥經歷只有三年的大河無從想像的，長達七年的歲月。

就在這時，同步的聽覺捕捉到細微的悲嘆之聲。

『——我不想死。』

真要說起來，這裡不只是工廠，而是自動工廠型的——巨大到與戰鬥型不可同日而語的「軍團」腹中，是企圖殲滅全人類的殺戮機械的內部空間。

周圍的所有機械，都是敵機的一部分。

鋼材加工用的雷射刀，有如長型大劍般舞動光線。林立的機械手臂，如鷹隼般張開三爪機械手想擒住敵人。這樣名稱與用途都不詳，形如蜘蛛，有中型犬那麼大的自動機械成群結隊一擁而上，企圖拉住「破壞神」的腳。

「送葬者」鑽過它們之間，揮刀殺退敵機，一邊踩爛它們一邊疾驅。

在各種機體蠢動著來襲，層層疊疊堵塞的視野中，辛一邊以其異能精確看穿「軍團」們的潛伏地點一邊說：

「安琪，二〇秒後通過的橋式起重機當中，右邊數來第三架起重機的遮蔽處。那很可能是自走地雷，用近炸榴彈擊潰它。」

『收到……葉格少尉，今天別再忘記把多管火箭砲換裝成戰車砲嘍，還要記得切換彈種。』

『收、收到。』

「賽歐，戰車型後面有一群敵機，很快就會出來。」

『收到……啊，我看到一點點了，是近距獵兵型。瑞圖，我打漏的就交給你嘍。』

『收到嘍。』

反輕裝甲目標用榴彈接連在天花板附近炸開，原為人形的物體碎片紛紛灑下。戰隊員飛越組裝到一半的戰車型，對準企圖自空中襲擊的近距獵兵型集團，橫著揮出鉤爪一掃，甩在敵機身上。

在這些爆炸火焰與破裂四散的碎片下，二十四架「破壞神」疾馳而過。隊伍突破製造區，再次闖入鋪有鐵路的隧道內部。只不過這次隧道的內徑遠遠大得多，鐵軌有八條，是四線鐵路。這是經過「軍團」重新鋪設的，以前的高速鐵路鐵道。

他們猜測電磁加速砲型之所以拿這裡為目的地，也是因為——敵方可能想以鐵幕作為屏障，採取在身旁設置核融合式發電機型。針對人類生存圈下手的作戰，看來猜得沒錯。

這時，少女的一絲幽幽悲嘆，在耳朵深處憑空出現。

——我不想死。

辛皺起眉頭，在一瞬間順道將視線投向那邊。

剛才的聲音是……

「來自……地面啊。」

不過不是蕾娜所在的……作戰本部的設置地點。

近距獵兵型的集團紛紛湧出，在大樓周圍布陣——包圍住把守大樓的方陣戰隊。

大河還在想它們究竟是從哪來的，隨即嘖了一聲。這座街區的地下也在夏綠特市中央車站總站——「軍團」的地下迷宮範圍內。也許有地圖未記載的地面出口，況且近距獵兵型的大小頂多兩三公尺。把通風口什麼的拓寬到可以通行，想必並非不可能。

「艾娜，博士拜託妳了！——潘洛斯博士，請坐上『穿甲刺劍』！」

『收到，大河！』

『我知道了……你要小心點！』

艾娜機——「穿甲刺劍」做出回應，調轉機身。在四面全為玻璃牆的大樓裡，主螢幕角落映照出跑來的阿涅塔……最後補上的那句話也是，看來她雖然是白系種，但不是個壞人。

「管制一號，敵機出現，即將進入戰鬥……所有機體注意，不要忘了背後還有護衛對象！」

『是！』眾人各自以知覺同步做出回應。大河僅環顧一次一齊準備迎戰的友機，自己也將視線與八八毫米砲的準星轉向迫近眼前的敵機。

『——我不想死。』

悲嘆聲講的是人類語言，可能是辛所說的「黑羊」，用死後經過一段時間的戰死者劣化的腦組織進行複製，不具生前記憶與知性的小兵型。

『我不想死。』

但話說回來……實在讓人很不愉快。

總是逼人想起說著同一句話死去的戰友們。

『我不想死。』

那傢伙……

聽到這類悲嘆一樣不能摀起耳朵的那個紅瞳死神，難道已經習慣，且無動於衷了？

還是說他不忍心聽這種悲嘆——可憐死者死後仍然不停悲嘆，所以才在這個無盡戰場生死線的正上方，持續殺死「軍團」？

斜前方，從瓦礫暗處的死角，一架近距獵兵型跳了過來。大河用重機槍的至近彈打擊對手，正當他踩踏敵機屍骸，正要奔向另一架機體的瞬間……

後方，在沒有敵人身影的入口大廳處，一道閃光竄過。

「……咦？」

閃光原來是短路造成的火花。「穿甲刺劍」被人從機師座艙的正中央前後一分為二，讓斷裂的配線綻放出臨死慘叫般的電流浮花，倒斃在地。

原本要跑上前去的阿涅塔嚇得站定。只見鮮血飛沫紅豔豔地，在白色陽光中飛散。

「什……！」

在左前方遭到近距獵兵型壓倒的第二架接著遭殃。第三架則是側腹部挨了一記衝撞，受到撞擊而被震退。

被左右、上下、前後切成兩半的「破壞神」殘骸，以四肢失靈的痙攣代替慘叫，不約而同地嘩啦嘩啦崩潰倒地。

這是……發生了什麼事……？

與這幾架機體捉對廝殺的近距獵兵型，沒有做出任何不自然的舉動。裝備也跟其他近距獵兵型並無不同，只有一對高周波刀與六管火箭彈發射器。更何況最先陣亡的「穿甲刺劍」根本沒跟近距獵兵型對峙。

不知道攻擊手段是什麼。

只有令人毛骨悚然的風切聲恍如哀嘆精靈（報喪女妖）的淒切抽泣，割破陽光迴盪於四下。

戰友們的慘叫也是。

『該死……怎麼搞的！到底發生了什麼事！』

『艾娜！艾娜她……！』

『——啊……』

被砍飛的座艙罩上半部與內部處理終端的頭顱，像個惡劣的玩笑般飛上空中。

分散注意力的一瞬間，近距獵兵型已迫近眼前。
大河感受到不具生命的殺氣。
但也只是如此而已。
在光學螢幕的邊緣，去除光澤的黑刃夾在陽光中，散發暗沉光芒。
這就是大河死前目睹的光景。

「唔……！」
突然間，芙蕾德利嘉撞開椅子站了起來。
她臉色鐵青，血紅的一雙大眼睛愕然睜大。看到她那非比尋常的模樣，蕾娜在車內的狹窄空間快步走向她。
「妳還好嗎！怎麼……」
血紅眼瞳不是看向蕾娜。
而是定睛注視無限遠方，因驚愕與慌亂而凍結。
她重複幾次急促的呼吸，即使如此，仍堅毅地活動發白的嘴唇說出：
「……方陣戰隊……」
離這裡不遠，在理應經過封鎖，保證安全無虞的地面布陣的，護衛阿涅塔的部隊……

「就在此刻，全數陣亡了…………！」

辛在黑暗的那一頭，以其異能捕捉到尚未出現於眼前的敵機的悲嘆之聲。他向戰隊全機發出警告，讓「送葬者」停步的下一刻，成群的自走地雷有如黑水溢出般蜂擁而至。

看到轉瞬間淹沒八條鐵軌的成群扭曲人型機種，辛瞇起一眼想著，果然有點太多了。

自走地雷跟過去共和國的八六一樣，是用完即丟的消耗型兵器，數量準備得多一點雖然很正常，但……這也未免太多了。

當「軍團」成群結隊且與自己有一段距離時，在辛的感官來說就只是一整團敵機。而且在前次與電磁加速砲型的戰鬥中，他也發現自己無法感知將功能凍結，完全進入休眠狀態的「軍團」的聲音。

儘管如此，這個數量……

這時有個人影從死角走近過來。

辛在視野邊緣看到可疑身影，迅速抽回險些被對方抱住的左前腳。他不想為了對付脆弱的自走地雷浪費裝藥，正打算直接將其踢飛時……

目光竟然對上了。

「唔！」

辛在情急之下往後跳開，聽見差點跟他撞上的萊登不知道罵了什麼，但辛沒多餘精神去理會。他隔著主螢幕，凝視眼前害怕般後退一下的人影。

聽不見悲嘆之聲。

不會吧。

在地下空間，水泥與其狹縫間的大量砂土使得無線通訊幾乎不能使用，不過隨行的裝甲步兵部隊設置了與地面的中繼器。辛透過中繼器使用資訊鏈，確認各戰隊的敵機捕捉狀況，交叉比對掌握到的悲嘆之聲的位置，不禁嘖了一聲。

真麻煩。

辛檢查過知覺同步的設定後，對所有戰隊的戰隊長開口說道：

「──機動群各隊長注意。」

「獨眼巨人」的雷達捕捉到一團敵影。

影子為約莫一百公斤的人形非裝甲目標──是自走地雷。

密集一處的脆弱自走地雷，根本是為霰彈砲準備的獵物。西汀伸舌舔嘴，暗忖著真是一群白痴臭鐵罐。

這時她從知覺同步的另一頭，聽見倒抽一口氣的細微聲音。

『機動群各隊長注意。暫停戰鬥，暫時撤退——西汀，不要開火！』

「！」

西汀於千鈞一髮之際放開扳機上的食指，讓「獨眼巨人」跳開，按住左耳。自從隸屬於聯邦軍後，皮下植入的擬似神經結晶體（同步裝置）已經摘除，可變資料登錄用的耳夾也已經拆掉了，然而四年戰鬥經驗養成的毛病不會那麼輕易就消失。

「幹嘛突然喊停啊！現在正是好時機，可以把整團敵人吃乾抹淨耶！」

『如果那是「軍團」的話……但現在眼前那些不是「軍團」。』

「啊？那你說它們到底是……」

講到一半，西汀反應過來了。

自走地雷是「軍團」模仿人類製造的對人用兵器。雖然品質粗糙，但外形就像人類。

眼前的人偶如果不是自走地雷，那當然就是……

黑暗中，人影逐漸成形。

人影步履蹣跚，走路姿勢難看得簡直像受了傷，動作就跟不擅於直立步行的自走地雷一樣。

然而在那身上，銀色的色彩閃爍著光芒。

月白種那彷彿帶著藍彩的銀色眼睛，看著「獨眼巨人」。

看著。

「軍團」運用簡直犯規的技術力反覆自我改良，在對抗人類時總是取得主導權，但受到禁止事項（防護裝置）的限制，無法造出太像人類的兵器。自走地雷屬於其中之一，不具有人類般的臉孔。既沒有口鼻，當然也沒有能看著西汀的眼球。

換句話說，這傢伙是……

「竟然是這樣……！」

西汀惡罵了一聲「該死」。究竟是為什麼……

「這些白豬為什麼會在這裡……！」

第四章　分類

「……嗚……」

睜開眼睛時，她發現自己身在無明的黑暗之中。

被隨意拋在地上的阿涅塔，慢慢地撐起身子。

這裡……究竟是……

阿涅塔環顧四周，但空間暗到人類的眼睛幾乎伸手不見五指。赤裸雙腿的肌膚，感覺出地板是澆灌後就維持原樣的水泥地。她不覺得有壓迫感，看來空間還算寬廣。

她原本在調查奪得的「軍團」設施，途中遭受襲擊，方陣戰隊全員陣亡，然後屠殺他們的近距獵兵型來到眼前……

之後就沒有記憶了。

這項事實讓阿涅塔咬住嘴唇。

這麼說來，自己是被「軍團」抓住了。

可是——為了什麼？

如果是「獵頭」——為了獵取人類的腦組織當成它們的中樞處理系統，戰鬥經驗豐富的方陣戰隊的大腦，對「軍團」而言應該比較有用。「軍團」為什麼將他們全數殲滅，卻抓走不屬於戰鬥人員的自己？再說，遭受襲擊時，作戰本部仍在正常運作。假如要善用僅有一次機會的急襲之利，照理來說應該先襲擊本部才對。

不是「獵頭」，也不是以減損機動打擊群的戰力為目的。

然而，阿涅塔怎樣也無法從自己身上找出比這些更高的價值。就算同樣以研究人員而論，如果是機甲之類的最新兵器還能理解，但阿涅塔是知覺同步的研究者。「軍團」在阻電擾亂型的電磁干擾下照樣可以進行通訊，不需要也不可能使用知覺同步。

不行，搞不懂，情報不足。

阿涅塔搖搖頭站了起來。

總之，得逃走才行。

阿涅塔試著環顧四下。原本配戴的同步裝置，似乎在被擄走的途中弄掉了。她試著拍了拍披在軍服外的白袍，隨身攜帶的自衛用手槍也不翼而飛。

雖然這個空間沒有一絲光線，但待了一會兒，眼睛還是會漸漸習慣。在正如阿涅塔所想……應該說比她想像中更寬廣的空間中，隱隱約約可以看見遠處蜷縮著一團人形輪廓。

應該是人類。就算是自走地雷好了，離這麼近都沒襲擊過來，那麼就算出聲喊叫，想必一時之間也不會有生命危險。阿涅塔驅策發僵的喉嚨，出聲喊道：

「喂！」

沒有反應。

「喂，你們是方陣戰隊的倖存者嗎？知道這裡是哪裡嗎？或者我們是怎麼來到這裡的……喂！」

還是沒有反應。

†

「——我來整理一下狀況。」

本該安全無虞的地面有一個戰隊全員陣亡。這項事實讓作戰本部的周邊地區，如今也散發出緊張感。

在擔任本部直衛的極光戰隊、後備的呂卡翁戰隊，與備用裝甲步兵部隊圍成一圈圈圓陣的中央，蕾娜待在主螢幕上複雜情報瞬息萬變的「華納女神」車中，拚命將焦躁感隱藏在心裡，開口說道。

芙蕾德利嘉相當堅強，在方陣戰隊遭到全滅之後仍繼續「看」完現場情形，接著報告了一項事實。

阿涅塔。她……

「方陣戰隊全員陣亡，亨麗埃塔・潘洛斯博士遭到『軍團』擄掠。另外，有群混雜於『軍團』

之中，所屬勢力不明的人類在作戰區域中遊蕩……這樣理解是正確的嗎？」

「最後一點無誤，上校。」

先鋒戰隊潛藏的地點，在製造到一半的巨大電磁加速砲型如今無聲蜷縮的，自動工廠一隅的乾塢之中。

應是防水、防火用的鐵捲門全都拉下了，至少不太可能被感應器性能較差的自走地雷或近距獵兵型發現。辛提防著負責索敵的斥候型將「送葬者」切換成待機狀態，在機體中說道：

「我很想確認大致上的人數，以及闖入作戰區域的原由等最低限度的情報，只可惜狀況不允許我們慢吞吞地談話。」

那些人完全混雜於近距獵兵型跟自走地雷之中，實在不可能一一區別。辛中斷戰鬥，讓部隊暫時後退到工廠內部，就是基於這個原因。

八六原本是以沒有半個一般民眾的第八十六區為主戰場，完全不熟悉敵機與不可殺害的對象混雜一處的戰鬥。

就某種意義上來說，與除了友軍之外一律破壞的「軍團」並無不同。

「從衣服或當事者身上的髒汙程度看來，似乎在無法保持衛生的狀況下，待了很長一段期間……據我猜想，很可能是大規模攻勢的倖存者。」

「——與其說是倖存者，不如說是吃剩的吧，大帥哥。或者該說尚待處理？」

西汀等布里希嘉曼戰隊成員，也一樣中斷戰鬥，隨便找個電梯大廳拉下鐵捲門潛伏其中。

西汀一邊單手拉開機甲戰鬥服（Panzer jacke）的衣襟，另一隻手翻找著備品箱，一邊說著。

不像共和國只是把囤積不用的野戰服發給八六，聯邦配給處理終端的機甲戰鬥服，是配合操縱機甲做了最佳化的高機能戰袍。不只易於行動，也具有高度阻燃性與耐衝擊性。雖然對象有所限定，但還具備防彈、防刃功能與耐G力，性能出色，唯獨有一點讓西汀不滿。

胸口很緊。

西汀把拘束衣般緊緊壓住胸部的鈕釦全解開，喘口氣。好熱。她喝一口水筒的水，剩下的澆在頭上，像野獸般甩頭把水甩乾。這是駕駛「破壞神」的激烈運動，與戰鬥之際分泌的大量腎上腺素造成的影響。

她順便從備品箱拿出巧克力，用犬齒啪一聲咬斷，嚼碎後吞下。

「而且豈止是髒，我壓根都不想靠近。我再順便補充一句，我看他們聽不懂人話，那些人完全失去理智了。」

西汀瞥一眼藏身的倉庫門扉，冷哼了一聲。

出現在布里希嘉曼戰隊面前的「疑似人類」的集團，如今仍跟近距獵兵型與自走地雷們一起在門外晃來晃去。

「年齡什麼的都不一樣，但所有人衣服都破破爛爛，完全瘋了……真是失敗，戰友就算了，我們那時根本沒在管那些來不及逃走的豬玀。」

「來不及逃跑……是去年的大規模攻勢吧……」

「軍團」不抓俘虜。

但也有例外。

「獵頭者」。為了擄獲人類的腦髓，它們有時會獵捕、收集人類的頭顱。

『怎麼辦呢，女王陛下……是不是還得保護他們？我們是不在乎白豬的死活，但我還是重複一遍，現在的他們聽不懂人話。就算叫他們躲開，他們也不會聽。』

就如同西汀自己說的，她問得一點也不感興趣。這讓蕾娜抿起嘴唇。

命令大家保護那些人很簡單。

但是在地下迷宮的黑暗空間中，要避開混雜於自走地雷之間的國民戰鬥，以現實來說幾乎是不可能的。

一旦強迫他們執行命令，會對在最前線奮戰的八六造成人員傷亡。

話雖如此……儘管那些人是共和國民，但命令他們不分敵我一律射殺，又未免太……

光用想像的都讓蕾娜很不舒服。更何況八六當中，想必有些人的家人或熟人就是像這樣遭到殺害的吧。

輕易命令他們進行非人道行為，純粹是她的無能，是指揮官不該有的怠慢。

「……不，各機甲部隊無須積極保護他們。」

戰隊長們一聽，眾人之間竄過一絲緊張氣氛。蕾娜一邊感覺出這點，一邊繼續說：

「不過，有辦法可以做粗略分辨……遇見人形單位時，請將射控系統（FCS）的雷射瞄準器開到最大功率照射對方。如果是人類的話會就此逃走，至少應該會停住動作。沒有反應的就是自走地雷。」

她感覺到辛微微皺起了眉頭。

『視暴露時間而定，可能不只是輕微燙傷喔。』

「……是的，但至少比被射殺好吧。」

包括「破壞神」在內，機甲的射控系統在測距與瞄準時，都是使用肉眼不可見的雷射光線。而雷射就是具有指向性的高功率光子束。肉眼直視可能造成失明，照射在皮膚上的話可能會讓該部位燒傷。

就算失去了理智，總不至於連痛覺都喪失。痛覺是與生物本能直接相關的警告（訊號），對方應該會出於本能躲避，並嘗試逃走。

相較之下，「軍團」是純粹的戰鬥機械，雖然有反瞄準感應器可偵測雷射，但沒有痛覺，也沒有智慧能理解、模仿雷射與人類反應的因果關係。

「雖然結果會導致敵方察覺我方位置，不過自走地雷本來就是在極近距離內交戰的兵種，影響想必不大。人類逃跑後，請交由後續的裝甲步兵部隊進行保護……請盡量不要讓他們四處逃跑得太遠。」

『收到。』

「前提是……」

蕾娜直接蓋過辛同樣表現得強烈不感興趣的回應說道：

「你們本身遇到危險時的情況不在此限。只要你們判斷自己有危險，不用在意，請排除眼前的『威脅』。」

蕾娜絕對不能強迫八六為了共和國人犧牲。

「同樣地，關於亨麗埃塔．潘洛斯博士也是……」

蕾娜感覺胸口深處心如刀絞。

眼前一陣昏花，即將說出口的話，讓蕾娜自己都害怕。

自己跟她都是多次跳級，所以兩人都是對方唯一的同年齡友人。

兩年前她們為了先鋒戰隊的待遇起了口角，互相傷害，但最後阿涅塔還是答應幫她調整同步裝置。

在大規模攻勢中，阿涅塔有時也會指揮部隊，加入戰鬥行列。

阿涅塔是她可貴的朋友，是唯一一個——至交契友。

即使如此，蕾娜仍然不能為了她一個人，要處理終端們，要借助的裝甲步兵們，要自己的部下——身陷險境。

「請各位以完成作戰為優先。如今方陣戰隊受到不明攻擊而全員陣亡……我無法為了搜尋她的下落分散戰力，讓各位承受遭到同種攻擊各個擊破的風險。」

蕾娜也考慮過投入後備的呂卡翁戰隊，但是……思及入侵地下的四個戰隊可能發生意外的狀況，還是無法為了阿涅塔一個人調動後備戰力。

『上校……』

「我並非要對她見死不救，諾贊上尉。如果其中任何一個戰隊到達該處附近，到時候請帶她回來。但是……萬一沒能趕上，那也是無可奈何。」

縱然那意味著阿涅塔將慘遭肢解。

經過幾秒的沉默，隔了一段深思熟慮般的時間，辛再次開口：

『……上校，潘洛斯少校由我與先鋒戰隊前去搜尋。』

「諾贊上尉……？」

『雖說攻擊手段不明，但終究還是「軍團」的一種。這樣的話，我可以避開對方前進，遭遇機率應該很低。』

「可是……」

『妳是否覺得不能為了你們共和國人，讓我們八六犧牲性命？』

說中了蕾娜心聲的靜謐嗓音，底下帶有真摯的關懷語氣。

『我不太明白上校為何無法將共和國與上校自己分開來看，但我已經明白妳做不到，也明白妳將共和國人的所作所為視為自己的罪過。但就算是這樣，上校，妳也不用連共和國的冷酷性情都要扮演。』

不用像之前沒有任何人並肩作戰，只能持續扮演冷徹的「鮮血女王」。

『所以，請不用勉強自己……我再說一次，這樣不適合上校。』

「………」

『至於發電機型的壓制，就交給布里希嘉曼戰隊與雷霆戰隊。這樣做正如同上校的疑慮，會導致戰力的分散，但我想只要不花太多時間進行搜救，應該不成問題。』

『哦。』西汀呼出一口氣。

『這樣好嗎？我會當成是我們不戰而勝喔。』

『隨妳去比吧，現在已經不是愚蠢地比輸贏的時候了。』

『我知道啦，開個玩笑……交給我們吧。』

芙蕾德利嘉說：

「辛耶，關於潘洛斯被帶走的路線，余追蹤了一段距離。只要比對地圖，想必能掌握到她的正確位置。余來帶路，汝可專心致力於躲避『軍團』。」

『……如果狀況變得危險，妳就閉上眼睛。』

「抱歉，余會這麼做的……雖然對那個人過意不去，但余並沒有義務目睹她遭到肢解。」

『瑞圖，我們進行搜救的期間，自動工廠型可以交給你對付吧？』

『沒問題，隊長。』

蕾娜抿起了嘴唇。

正因為她此刻身為指揮官，必須壓抑湧上心頭的感情。

「……謝謝各位。」

辛以沉默代替回答，芙蕾德利嘉則是冷哼了一聲。

「最後……關於方陣戰隊全員陣亡的事情，各隊都沒有遇到類似的攻擊吧？」

『沒有。』

『我這邊也沒看到。』

「那就只有余看見了……」

辛問道：

『芙蕾德利嘉，妳能夠說明發生了什麼事嗎？』

問句的言外之意是，如果不能解釋……不願回想的話沒關係。

她可是目睹了知道長相與姓名的一個戰隊二十四名人員，接二連三地單方面遭受蹂躪的慘狀。

對於一個才剛過十歲的幼小女孩，這是該有的顧慮。

芙蕾德利嘉搖了搖頭。

「抱歉，余不清楚詳細狀況。一回神就發現『破壞神』已經全數遭到殺害……直到最後，余都不明白那是何種攻擊。」

『是怎麼死的？』

「諾贊上尉……！你怎麼問得這麼直接……！」

「無妨，米利傑。余就是想讓這個能力派上用場，才會與辛耶等人同在，因為余欠他們一大人情。」

芙蕾德利嘉呼出一大口氣。

「話雖如此，余無法講得清楚……余想想。」

芙蕾德利嘉讓紅瞳沉入追想之中，拚了命想把看到的情形化成言語。

「首先遭到殺害的艾娜，是突然一分為二。明明周圍沒有敵機，她卻從機師座艙的中央位置被前後一分為二……恐怕是當場死亡。」

「會不會是……以大口徑火砲進行的狙擊？」

既然是周圍沒有敵機，又突然遭到破壞的狀況……

然而芙蕾德利嘉卻搖了搖頭。

「艾娜人在『破壞神』包圍的建築物內。就算想進行狙擊，也無法從任何位置瞄準她……假如有可蕾娜那般的本事，也許還另當別論。」

『再說，要把「破壞神」打成兩半，我認為用投射裝備會有困難，狙擊可能性應該不高。』

無論是以直徑約三〇毫米的長槍狀彈芯貫穿裝甲的高速穿甲彈，還是製造出金屬噴流射入內部的成形裝藥彈（HEAT），穿透痕跡比起火砲口徑都非常小。更別說要把機體打成兩半，就算是共和國的那種鋁製棺材，恐怕也有難度。

話雖如此，辛似乎也猜不到對手的真面目。可以感覺到他一邊左思右想，一邊講出口做整理，但到最後似乎還是想不到，就這樣陷入了沉默。

蕾娜判斷繼續討論也只是臆測，姑且先做個結論：

「……關於該種攻擊，以收集情報為最優先。假如遇到同種攻擊，請盡可能避免交戰，暫時離開現場。」

『收到。』

『收到啦。』

不管呼喚幾次，嗓門多大，成群人影都沒做出半點反應。

到了這個地步，阿涅塔不免有種毛骨悚然的感覺，閉口不語。看他們肩膀線條微弱起伏做出呼吸的動作，怎麼看都像是人類，也應該沒死才對。

但那群可能同樣身為人類的身影，顯得毫無生氣而虛弱無力，只是重複著呼吸的動作。

阿涅塔忍不住後退，她知道自己緊咬著牙關轉身就走。振作點，現在是被嚇到的時候嗎？

令人意外的是，阿涅塔並未受到綑綁。她用習慣了黑暗的眼睛找門，找到之後就快步走過去。發出喀喀響聲的包鞋現在只會礙事，她一隻接一隻踢掉，用包著絲襪的腳踩踏地板。

門扉免不了加裝了電子鎖，所幸是舊型的，只要有張薄薄的卡片狀物體就能輕易騙過。阿涅塔一邊轉動門把，一邊從白袍口袋中隨便拿出一張卡片掃過讀卡機，單純的機關就發出輕巧電子聲開鎖了。

阿涅塔輕輕推開金屬門，從門縫往外偷看……什麼都沒有，看來「軍團」們認為沒必要多費勞力看守虛弱無力的獵物。

應該說恐怕是真的沒必要，不用綑綁，隨便做個監禁，就足以把無力行動的人給關起來。

阿涅塔往後看最後一眼，對那群還是一樣動也不動，就像那種形狀的擺飾品一樣的人們說：

「喂，可以逃走嘍……趁現在可以逃走喔。」

還是一樣，沒人出聲回應。

阿涅塔搖搖頭，像隻貓一樣從門縫溜到外頭。手一放開，沉重門扉就自行關了起來，發出細微的上鎖聲。

那堅硬的聲響就像在責怪阿涅塔又見死不救，但她擺脫這種念頭，繼續往前走。起初小心翼翼，後來漸漸就像受到催促般用小跑步前進。

地下特有的通道天花板很低，但寬度取得夠寬，長度相當長。即使在黑暗中，也能看出地面裝飾花磚的灰白色彩。在左右兩側拉下精雕細琢的銀色鐵捲門後頭，一家家時尚的店面在無人的狀態下爭奇鬥豔。這裡是購物中心。很可能……應該說錯不了，這裡必定是夏綠特地下迷宮裡的商業設施。

想必是為了讓大量消費者慢慢逛，通道和緩地一再蜿蜒，死角也很多。阿涅塔在暗處之間移動，尋找通往地面的樓梯，一路不斷前進。同時還得對抗內心的恐懼，生怕迎頭撞上「軍團」。

而阿涅塔就在稍遠處的牆上發現了「那個」，便跑向前去。

途中她不忘豎起耳朵，不會疏於戒備可能靠近的物體。例如最大重量級的重戰車型可以重達百噸，「軍團」卻都不會發出腳步聲。即使如此，它們的靜音性能總不至於強到能在這無人的死寂之中不發出半點聲音。

模仿古代神殿圓柱的柱子上貼著「那個」。阿涅塔背對著它止步數秒，仰望那人應該待著的上方位置。

己方預測的戰鬥區域明明是地下，待在地面的阿涅塔與方陣戰隊卻遭受了襲擊。同樣位於地面的作戰本部——蕾娜等人說不定也全數陣亡，只能將一切賭在他們平安無事的可能性上了。

「別看漏了喔……拜託。」

假如「華納女神」平安無事，芙蕾德利嘉——能透視熟識者現在與過去的異能少女應該還在車上。

「——很好，她還平安無事。」

自深處微微發光的血紅雙眸定睛注視半空中一個點，容貌精緻端正的少女靜止不動地低喃的模樣，在宛如凝聚最先進科技打造成的裝甲指揮車中，算得上一種異樣的光景。

如同神靈附體。

又如同身纏神威，宣告神意的巫女。

甚至堪稱莊嚴。

芙蕾德利嘉凝目注視空中不知何處的位置，蹙額顰眉。

「而且她還逃了出來，勇氣可嘉，但……潘洛斯這是在做什麼？四處晃來晃去的。」

她皺起可愛的眉頭想了想，終於想到答案，睜大眼睛破顏而笑。

「原來如此，真是聰明，是站在地圖前面啊。因為余有可能在看著……辛耶。」

知覺同步的另一頭，一個平靜的聲音做出回應，她輕輕點頭。

「余掌握到潘洛斯的位置了，快去救她吧。」

「——已確認，在第四層東區的商業區是吧。」

確認過傳送來的地圖資料，辛讓「送葬者」掉頭。目前阿涅塔的所在位置以紅點顯示，最短路線緩慢地閃爍。

在「破壞神」吵鬧的行駛聲另一端，蕾娜說道：

『這是從敵機的分布狀況預測敵軍進擊路徑，經過考慮後所設定的路線，但終究只是預測。請上尉自行判斷是否該變更路線或繞路。』

「收到……不過，目前照建議路線走似乎沒有問題。」

辛大略確認一下周邊「軍團」的位置，做出回應。

蕾娜似乎能在腦中將地圖正確地立體化，隨時更動敵我戰力以掌握戰況。姑且不論在某種程度上屬於平面的地面戰場，在這個三維空間，而且敵我雙方互相交錯的戰場竟然也能辦到，讓辛有點不敢置信。

可能因為蕾娜都身在遠離戰場的管制室，手邊只有在阻電擾亂型的電磁干擾下斷斷續續傳回的戰場資料，卻還是長期運籌千里，所以才能練出這門技術。

這讓辛不經意想起，自從自己與其他人兩年前踏上特別偵察之行後，關於蕾娜在共和國是如何戰鬥至今，他簡直一無所知。

之所以不知道，是因為沒人問。包括自己在內，沒有任何人問起蕾娜這件事情，只有蕾娜問了很多問題。

或許……是會好奇吧。

眼前的對象至今人生是怎麼度過的，也是一件令她好奇的事。

「……嗯？」

他比對子視窗地圖資料的建議路線，與映照在主螢幕上的實際通道，讓「送葬者」止步。

辛憑藉著他的異能，掌握了「軍團」的所有動靜。

蕾娜對戰況的認知能力，堪稱令人驚異。

即使如此，戰場上不時會發生這種事態。

不知道是地圖有誤，還是改建部分未反映於地圖上。

資料顯示的建議路線，很可能是維修用的通道，細小狹窄，至多只能供一個人通行。

「你說……沒有路可以走？……不應該是這樣的啊。」

『正確來說，是沒有「破壞神」可以走的路。這座設施本來就沒有考慮到機甲的運用，因此我想這也無可厚非。』

知覺同步另一頭的辛雖然顯得並不介意——尤其是在他活過的戰場上，錯誤情報恐怕屢見不鮮——但這對蕾娜而言，卻是難以置信的報告。

這是不可能的。地圖資料的最終更新日期，是在最後的改建工程結束之後。在地下鐵建築內戰鬥時視野不開闊，移動路線極其受限，地圖的謬誤有時會造成致命影響。所以蕾娜慎重地確認過，地圖記載的是最新資料……

忽然間，冰冷的疑心閃過腦海。

……難道問題出在地圖上？

這份地圖是「共和國臨時政府」提供的。

是要求討回並排除八六的洗衣精，深入內部的臨時政府所提供的。

而且仔細一看，就會發現地圖上顯示為材料搬運途徑的那條維修通道，如果按照設定通過預定空間，兼顧到其他通道或鐵軌，強度將明顯不足。

難不成……

「收到。請繞過該路線……馬塞爾少尉，你能分析本作戰區域的地圖，抓出構造上的矛盾之處嗎？」

後半的內容她切斷知覺同步，向前座的管制軍官問道。據說與辛等人同為特軍軍官，年紀相仿的少年回以一瞥，輕輕點頭。

「……只要花點時間，應該可以。」

「那麼請你處理，第一優先，力圖盡快完成。」

「了解。」

這時忽然間，芙蕾德利嘉抬起頭來。

「唔，糟了！辛耶，動作快！」

她順勢站了起來，而且好像沒注意到自己的動作，緊張萬分地說：

「潘洛斯，汝快逃啊！不能在那裡佇足！」

設計這座地下設施的傢伙，恐怕是個真正的白痴。

好不容易找到樓梯，才往上爬了一樓又變成單向道，然後又得下樓前往別的區域。

阿涅塔明白這是為了避開地下鐵的隧道，然而現在她被迫大玩讓人神經衰弱的鬼抓人遊戲，還遇到這種狀況令她非常火大。阿涅塔心浮氣躁地環顧這個空間，她不習慣走這麼多路，覺得有點熱，於是脫下感覺纏到腿的白袍，掛在手臂上。

跟剛才完全不同，這個區域有點類似工廠。異樣潔白的昏暗空間，近似於無塵室或手術室。

這裡實在不可能是車站或它的附屬設施，想必是「軍團」們占領夏綠特市後，改建這個地下空間做出的設施。

看不見盡頭的細長空間，深處有像是掃描裝置的機械與窄床大小的長方形檯子一字排開，天花板上有一堆細瘦的機械手臂。入口處除了阿涅塔走來的樓梯之外，還有像是維修通道的窄道，以及過去據說有旅客來來往往的寬敞走道。寬敞走道上留下無數拖曳物體的痕跡，被踩踏得有點不清晰。

阿涅塔的目光停留在隔開裝置類與這邊的透明牆壁前面，那些整齊排列的物品上。

「…………？」

那是一個玻璃圓筒，高度與直徑正好可以容納站著的阿涅塔。有規律的排列方式與寧靜氛圍讓人聯想到博物館的展示櫃，在幽暗中一根根林立著。

裡面似乎盛滿了某種透明液體，從底座散發出機械式的白光，將固定在中間稍高位置的物體襯托得白到發亮。除了提供光源的電線，沒有任何東西連接在上面，筒內液體沒有冒出氣泡，可見內部空氣並未循環。裡面的東西至少不會是生物。

那物體的輪廓，無法讓阿涅塔聯想起任何知道的東西……不，她彷彿知道，但無法將兩者聯想在一起。阿涅塔走上前，小心翼翼地湊過去看。

……！這是……！

一發現那個物體是什麼的瞬間，即使是阿涅塔也不免變得面無血色。

她臉色鐵青，然而身為科學家冷徹的一面，還是促使她細細觀察那些物體。許多個同樣的東西……不，是幾份樣本經過整理，分成許多種類。它們按照加工的程度依序排列，好幾根——好幾人份一字排開。

「軍團」不使用文字，這裡沒有說明書或任何類似的東西。

即使如此，阿涅塔仍然看懂了。

這是——……

這時從圓筒的後面，有某種東西在探頭窺視。

一瞬間，阿涅塔以為是自己的倒影。

但並非如此。

阿涅塔嚇得縮起身子，圓筒對面的人型機種卻正好相反，緩緩地動了起來。那種動作跟鏡像慢了一拍才動起來一樣，有如粗製濫造的恐怖片。阿涅塔反射性地往後跳開，只見那東西拖著手腳就要追過來。

自走地雷爬了出來。

無臉的球狀頭部用近似昆蟲的動作迅速轉來，阿涅塔一時竟呆呆看著，只見它沒有眼睛卻凝視著阿涅塔，下個瞬間就像個彈簧裝置一樣，唐突地撲向了她。

「不要……！」

阿涅塔情急之下，僥倖地想起手臂上掛著白袍。好運還不只如此，她幾乎是在恐慌狀態下把白袍扔向對方，但白袍正好攤開，蓋住了自走地雷的頭部感應裝置。

阿涅塔雙腿打結地躲開，視野遭到剝奪的自走地雷難看地在她旁邊摔倒。

它用有些滑稽的忙亂動作，似乎想拿掉蓋住頭部的白袍，但自走地雷的手無法做出人類那種精密動作，看樣子並不擅長抓取薄布。

得趁現在逃跑才行……！

阿涅塔的內心因為害怕死亡而焦急，身體卻反而因為畏懼死亡而僵硬，跟不上思考。她硬是想挪動的雙腿，違背阿涅塔的心意依舊僵硬，讓腳跟絆到地板的少許接縫，摔了一大跤。

阿涅塔背部撞上透明隔板，那似乎是一扇門，沒什麼抵抗就往內側打開，讓她背部朝下，跌進了室內。

所有的一切映入旋轉的視野。異樣清潔的白色空間、排成一排的玻璃列柱、醫療機器般的掃描裝置、大小與高度有如一張窄床的……以一塊金屬板做成以利清潔的檯子，以及在檯上閃爍刀銀光的成群機械手臂。

這是……

手術台。

啊啊。

這裡是……

解剖室啊——……

玻璃門撞到牆壁反彈回來，伴隨著尖銳聲響產生震動。光學感應器遭到封鎖的自走地雷聽到這聲響，霍地抬頭。

阿涅塔倒地時沒能保護身體，直接背朝下摔在地上，一時之間還無法動彈。自走地雷身體朝向明顯以她為目標的方向站了起來——……

呼。這時，她只聽見一聲犀利的呼氣。

鐵鎚般猛力一揮的某種物體，狠狠從後腦杓一捶，把自走地雷打飛出去。

在黑暗底層描繪銀色殘像的物體，是突擊步槍的槍托。採用折疊式槍托的機甲駕駛員專用步槍，以不會對脆弱鉸鏈造成負擔的正確角度，賞了自走地雷的頭部感應裝置一記猛烈打擊。

不同於白刃武器，雖然一般認為步槍是即使婦孺也能輕易運用槍械，然而其重量卻比隨便一種刀劍都還要重。更別說從頭到尾皆為金屬製的七．六二毫米突擊步槍，在裝彈狀態下重量將近有五公斤。

只比人類稍重一點的自走地雷承受不住這種毆打，飛了出去。它踉蹌了兩三步，讓脫落後只靠電線垂掛在外的頭部感應裝置搖盪不定。在試圖轉身過來時，突擊步槍的槍口已經對準了它。

那人輕輕鬆鬆的，簡直把步槍當成手槍在用，手一轉就重新拿好了。

然後輕易就開了槍。

他瞄準胸部的控制系統，為求確實而開了三槍。中彈的衝擊力道讓自走地雷跳起搖動全身的詭異舞步，接著就如同斷線傀儡般頹然倒地。

放下拖著淡藍硝煙的槍口，俯視那具屍骸的人是……

阿涅塔仍然癱坐在地，呆愣地抬頭看著那人。

……忘記是什麼時候了，當時她還小。

她曾經跟那個兒時玩伴跑到遠處探險，結果走散迷路了。

阿涅塔在陌生的地方迷失方向，躲在遮蔽處，是那孩子找到天都黑了，才總算找到她。

——找到麗塔了。

他像平常一樣笑著，用那種要等到他出聲呼喚才會注意到，不發出腳步聲的走路方式前來。

那孩子的哥哥與父親也是那樣，習慣走路不發出腳步聲。以前阿涅塔聽父親說過，他們原本在帝國是系出受命擔任皇帝守護者的戰士家族。

又聽說他們提過，在這個國家過活，就不用教小孩子如何戰鬥或殺人。

這份願望，恐怕以不能再更糟的方式落空了。

明明穿著硬底軍靴，卻沒聽到跫音，這點跟以往並無不同，但那雙手卻變得慣於用槍。眼光冷徹，鐵灰色戰鬥服雖使人敬畏，卻很適合他的精悍體格，而不顯得突兀。

一切都已經跟那時候不同了——忽然間，毫無辦法地，阿涅塔徹底理解到，兒時與她玩在一起的那個男孩，已經完全消失了。

無論是當年的往事或是當時的心情，如今都只留在阿涅塔的心裡。

當年他找到的那個兒時玩伴的小女孩，已經——不存在於他的心中了。

只有阿涅塔的嘴唇，半自動地想呼喚他的名字。

辛。

「……諾贊上尉。」

阿涅塔感覺那雙紅瞳，彷彿略看了她一眼。

眼瞳隨即別開轉向背後，也許是因為來了另一個人影，這次是帶著軍靴的堅硬跫音出現。

那人有著黑鐵種純血的深灰色頭髮與眼瞳，身穿聯邦軍鐵灰色的戰鬥服。記得他應該是修迦中尉。

「我說你啊，直接開槍不就得了？」

「像剛才那樣迎頭碰上的話，用揍的比較快。況且如果射偏，會打中博士。」

口徑七．六二毫米的全尺寸步槍子彈，以對人武器來說殺傷力非常強。這種子彈不用打中頭部或胸部，光是直接中彈就有可能致命。

看來辛還算有顧慮到她。

「妳沒事吧，潘洛斯少校？」

語氣跟說出口的話正好相反，好像根本一點都不在乎。阿涅塔反射性地皺起了眉頭。

「……你不會看嗎？我剛剛只差一點就被殺了。」

「就我看來妳還沒死。既然能講這麼多，應該是沒事了。」

辛的講話語氣像是有點拿她沒轍。

這種粗魯的對話，在小時候是稀鬆平常的事——現在不同了。

「……辛。」

這次，她想呼喚的名字一字不差地脫口而出。

他已經不記得自己了，自己只是個完全生疏的陌生人。

但只有這件事……

「對不起。」

我對你見死不救。

沒能救你出來。

拿無能為力當藉口，什麼都沒做。

還一廂情願地在意你根本不記得的事情，想把你拖進我的贖罪之中。

「…………？」

毫無脈絡的道歉讓辛直眨眼。

他就像獵犬聽到無法理解的命令，注視著阿涅塔好一會兒，這才突然別開視線。

「我不明白這是對於什麼的道歉，不過……」

嗓音已經低沉到與記憶全然不同。

原本差不多的個頭，曾幾何時拉開了一段差距。

「妳沒有必要向我道歉……所以潘洛斯少校，妳也不用放在心上。」

聽到這番話，阿涅塔含淚微笑。

你明明不記得了。

明明完全變了一個人。

卻只有這種地方……

只有這種溫柔到讓對方心痛的地方，依然沒變。

這一點，現在還是讓阿涅塔——感到有些寂寞。

「……也是呢。」

辛向蕾娜報告發現阿涅塔的事——蕾娜聽了報告，整個人顯得好安心，讓辛覺得沒有見死不救果然是對的——經過長達幾秒的時間，才總算有另一陣腳步聲跑下來。

萊登看看來者，一手扠腰：

「你太慢了，葉格。我不是說過了嗎？目前不需要戒備。」

「我有聽你解釋，可是……雖然你這樣說，但訓練時都強調不能疏於戒備……！假如自己戰死，己方將無法準確進行索敵，所以保持戒備是沒做錯。」

「我很感謝你們來救我，但為什麼是你們幾個？應該說……」

辛拉著阿涅塔讓她站起來後，她就沒事可做，看到這狀況好像覺得不敢置信，冷眼看著他們。

「你們該不會就這樣活生生幾個人跑來吧？」

「因為『破壞神』無法通過那條路。」

辛用視線指出背後的維修通道，回答阿涅塔的提問。那條彎彎曲曲的狹窄通道，只能勉強供一個人擠著通過。

「芙蕾德利嘉看出狀況分秒必爭，於是我們選擇了最短路線。既然『破壞神』無法通行，同樣的道理，會在這裡碰上的也只有自走地雷，用步槍就能應付了……只是無法保證能趕上。」

「……這樣啊，所以才會派幾個壯丁來，有個萬一的時候至少能把我的屍體帶回去吧……」

不知怎地，她對辛嘆了口氣。

然後維持著一樣的態度，指了指背後。

「那麼，可以請你們順便看看這個嗎？」

她讓大家看看至今辛等人沒去注意，排列在她背後的好幾根圓柱。

白得發亮的燈光中，漂浮著畸形的球體。照她的要求一看，只見那些東西……

「人類……？」

是彷彿某種礦物結晶般清澈透明，如同人類頭部的某種物品。

辛之所以不敢斷言，是因為那東西幾乎不具有活體組織的血肉質感。表皮、肌肉組織與眼球都遭到切除，具備了藍寶石(Sapphire)般的藍色軟骨、紅寶石(Ruby)般的骨骼，以及橄欖石(Peridot)般的翠綠腦髓。這些透明部位透射出白光，宛如精巧的美術品般浮現眼前。

從大小判斷，可分成男性頭顱、女性頭顱與兒童頭顱，各有好幾顆。它們一顆顆漂浮在林立的圓筒裡，空虛的眼窩一字排開。

萊登在一旁瞇起一眼。辛聽見達斯汀喉嚨發出小小的咕嘟聲，可能是想像到這些人變成這樣的過程。

「這是透明標本，用藥品讓活體組織透明化，再加以染色製成的。只是這些連神經系統都染了色，我不太清楚它們是怎麼辦到的。」

「……意思是這些原本是人類的屍體？」

「講得可真直接呢……對，沒錯。這些是真正的人類頭顱，我想大概是在大規模攻勢中，被帶來這裡的共和國民吧。」

達斯汀用強忍著不嘔吐的聲音說：

「真佩服你們能不當一回事。」

「不管是屍體還是頭顱，我都看習慣了。這裡的頭顱被破壞得比較漂亮，已經算不錯了。」

「雖說是情勢所逼，但我是覺得看屍體看習慣到養成抗性，未免有點太誇張了……那邊那位中尉也是，葉格少尉的反應與感受才叫正常，我勸你們從現在開始跟他學學。」

阿涅塔嘴上這樣說，卻也用冷徹的眼光注視著死屍。這些人以前應該是她的同胞才對。

「我想這些應該是說明書，用來解剖擄獲的人類頭顱，取出腦子。也就是在說明該切開哪裡，如何切下所需部位的步驟。我想是用來製造知性化型『軍團』——也就是你所說的『牧羊人』。」

辛看向阿涅塔，而她只是聳聳肩：

「我看過了你向聯邦提出的『軍團』相關報告，而且蕾娜是這麼稱呼它們的。」

說完，前共和國軍研究部的技術軍官忽然斜眼往上看了看辛。

「幸好共和國軍運輸部隊的那幫人，都是些混吃等死的雜碎。不然你早就在我的研究室裡，變成這種風格的漂亮藝品嘍。」

「……什麼意思？」

「你是把負責的管制官一個個逼瘋，人稱亡靈附身的處理終端『送葬者』。雖說戰場上少不了信口胡謅的鬼故事，但弄到有人自殺可就吃不消了，所以我的團隊有收過調查委託……真是可惜呢，他們要是把你帶來，我就可以把你的腦袋或其他部位大卸八塊，從頭到腳檢查一遍了。」

達斯汀瞪大雙眼，萊登揚起一邊眉毛，但辛沒被嚇到。

「我不認為身上一點血腥味都沒有的人，能辦得到那種事。」

「你……」

阿涅塔原本不服氣地想說點什麼……結果只是頹然垂首。

過了半晌，她的嘴唇浮現出帶點苦笑，有些沒勁的笑意。

「也是……我沒膽子做那種事，況且也沒意義。」

不只是把人活生生解剖的殘忍行徑。

聽起來似乎還有另一層意義。像是她假裝到現在的，故意裝壞人的態度。

「……總而言之，這些就是這種東西，是『牧羊人』的製作說明……只是……」

叩的一聲，阿涅塔敲了敲其中一根圓柱。它位於最邊緣，很可能代表最後一個步驟。

「這個讓我很在意。最後它們破壞了記憶區……『牧羊人』不是用幾乎未受損傷的大腦製作的嗎？你們認為它們為什麼要刻意破壞呢？」

「所以它們想都沒想到有人會入侵到這裡嗎？竟然連一架護衛機都沒有。」

第五層，中央主廳。

身處這個幾近瘋狂般全以白色填滿的空間，西汀在「獨眼巨人」裡嗤笑。

這個廣大的空間，無論是天花板、牆壁或牆面，整片都鑲滿了純白細小的磁磚，呈現出略帶半透明，有如新雪般迷濛，幾乎令人神智不清的白色黑暗。

聽說這裡以前也是一棟車站建築。

假如內部裝潢維持著當時的樣貌……那麼共和國人還真是尊崇純白與純血，真不知該怎麼說才好。

既然這樣，大可以從一開始就不要接納什麼移民。

蜷縮於大廳深處的巨大影子不做回應。

銀色管線宛如野獸血管或內臟般爬行、重疊。胴體部位的薄層金屬板像在呼吸般起伏。比起龐大身軀實在太過瘦弱的八隻腳，不知道究竟有沒有存在意義。還有飛蛾觸角般的複合式感應器，以及好似蟲眼的光學感應器。

是發電機型……正確來說，是它的控制中樞。

幽藍的光學感應器慵懶地朝向西汀，腹部底下應該與藏在地下更深處的反應爐相連，深深卡進純白的磁磚當中，恐怕動都無法動一下。

如果就像看起來這樣，那會很好對付，只是……

「……好吧，想也知道沒那種好事。」

光線掃過大廳地板，留下白色殘影。

縱線、橫線，二十公分見方的光線格子，填滿了純白的地面。

「果然……！」

西汀做好了心理準備——然而，它們就只是普通的光線。有的「破壞神」腳部碰到光線，但該部位看起來並未受損。

填滿了整片寬廣地板的格子光線。

簡直就像顯示出座標——……

西汀倒抽一口氣，抬頭仰望上方。同時，「獨眼巨人」經過強化的感應器響起裂帛般的警報聲。是敵機接近警報，位置在——上面！

光學感應器追隨她霍地仰首的視線，僅稍微慢了一拍，顯示頭頂上方影像的主螢幕，就映照出透過天花板磁磚隱約浮現的幾個光點。

看到那光點閃爍位置的瞬間，西汀已經反射性地大叫出聲：

『——米卡、萊娜！往旁邊跳！奧托，不要動！』

幾乎與警告在同一時間。

好幾道銳利光芒貫穿大廳空間，留下藍色殘影。

從上往下。

幾乎所有人都對警告做出反應，驚險萬分地讓機體做出閃避的機動動作，光束擦過當場縮起腳部伏地的奧托機，衝過抽身跳開的米卡機旁——從正上方狠狠刺穿了只慢了一拍，來不及閃躲的萊娜機的胴體。

「萊娜！」

駕駛艙遭到光芒貫穿的「破壞神」連一聲慘叫都沒發出就頹然倒下，直接陷入沉默。

只不過是光線的束流，竟然無聲無息地，貫穿了高舉到駕駛艙上方的八八毫米砲砲身，以及雖然單薄，但好歹也是機甲裝備的裝甲。

擦過「破壞神」或是將其刺穿的光之長槍，就這樣被吸進地板半透明的磁磚中，散射消失。

『這也是一種……雷射嗎……？』

「我是這麼認為的。」

西汀簡短回應副長夏娜的低聲呻吟。畢竟她七歲左右就被扔進強制收容所，前陣子的特軍校甚至是她這輩子第一次就學，不可能有知識詳加分析。

氣人的是，那個死神與他的狼人副長，似乎受過一定程度的教育。

如果是那兩個傢伙，看到現在是否已經做出某種程度的分析了？

西汀苦澀地勾起嘴角，緊接著瞠目而視。從她這裡看不見，但從雷達螢幕上可以看到，敵機正在各自移動位置，天花板上亮起藍色光點。

她對位於正下方的「破壞神」友機發出警告，自己也抽身跳開後，雷射光線再次照射下來，以名符其實的光速往下灑落。

右腳的破甲釘槍擦到光線而被炸碎，西汀讓「獨眼巨人」拖曳著黑煙尾巴後退，瞇細了眼。

原來是這麼回事啊。

「地板上的線就是座標，踩到那些線，雷射發射機就會聚集到上面開火……這整個房間就是一個『軍團』。東西就在肚子裡，攻擊時當然不用特地肉眼確認了。」

比起在發射機上安裝感應器個別處理，也許直接用資訊鏈功能指定座標比較快吧。

西汀感覺得到夏娜在皺眉頭。

『……格子這麼小，「破壞神」不可能不踩到。』

「是啊，不過並不是所有踩到的人都會被攻擊。我看它似乎沒準備那麼大的數量，可以一次攻擊二十四架機體。」

可能是為了確實擊斃敵人，雷射不是一道對付一個目標，而是多道雷射同時射擊，因此每次遭受攻擊的只有幾架機體。既然這樣……

「我用我的『獨眼巨人』掌握射擊機的位置與數量……如果是以這點程度的間隔遭受攻擊，下次我可以發出警告，並搶先做出射擊指示。」

只讓被盯上的「破壞神」採取閃避的機動動作，其他友機進行反擊。以現代兵器的常態來說，射擊機在雷射發振後會立刻移位，但在射擊開始前會有短暫的停頓時間，可以趁那時候瞄準射擊。

「獨眼巨人呼叫各機……從下次射擊開始反擊，聽我指示——」

接近警報再次大作。

西汀像被電到般轉動視線一看，只見雷達螢幕上的自機周圍出現越來越多光點。只不過同一平面上什麼也沒有，是天花板上的雷射射擊機數量暴增了。

大概讓防衛系統全面啟動需要時間吧。

或者也可能是操作射擊機的發電機型所吸收的死者天生壞心眼。

西汀愕然地仰望上方——只見半透明的磁磚內側，幽藍光輝彷彿嘲笑著她們般，一齊亮了起來。

「……葉格，讓潘洛斯博士坐你的座機。你退到隊伍中央，盡可能避免交戰。瑞圖，你再撐一下。等把博士交給後續人員保護後，我就去你那邊。」

『收到，不過希望你們盡快！』

看來在自動工廠型的幾百公尺外，瑞圖正在跟防衛部隊火拼。辛沒理會瑞圖近乎慘叫的聲音，讓「送葬者」站起來。

用未裝備機槍的「送葬者」對付機體小、數量多又脆弱的自走地雷實在缺乏效率。他讓賽歐的前衛小隊與萊登指揮的火力拘束小隊上前，一邊用雷射瞄準器與機槍迎擊仍然混雜一處的自走地雷與人類，一邊開始前進。

疑似人類的人影偶爾發出些沙啞慘叫，逃往遠離先鋒戰隊的方向。雖然後續裝甲步兵部隊還沒追上來，但是跑到他們那邊的人，想必會在那裡得到保護。不過步兵部隊也因為要收容他們，進軍速度才會比較慢。

忽然間，蕾娜的聲音岔了進來。

『諾贊上尉，抱歉在戰鬥中打擾你。』

「上校……怎麼了嗎？」

辛向蕾娜問道，當她將另一個戰場的狀況告訴辛時，他皺起了眉頭。

恐怕有點困難……不。

布里希嘉曼戰隊的位置在第五層中央區塊，先鋒戰隊則進入了第四層的東端。雖然沒有直接相連的路線，但直線距離只分隔不到幾公里。以交戰距離而言，反而算近了。

「該死……！」

西汀持續對遭受照準的友機發出警告，其間空檔都在咬牙切齒。

西汀完全掌握了雷射射擊機——蕾娜聽了報告，將它命名為「射擊子機型」——的位置與數量，也知道接下來誰被盯上。然而數量實在太多，射擊子機型反覆進行高速移動與射擊，她無法把它們預備下次射擊的所有停止位置轉達給有餘力反擊的友機。戰鬥到現在只勉強破壞了幾架。

『……西汀，需要我們雷霆也加入戰鬥嗎？』

「少說傻話了，尤德！你們一進來的瞬間就會遭到狙擊，別講這些，確保退路比較要緊！」

西汀也很想暫時撤退重整態勢，然而敵機似乎設定為優先照準入侵口周邊。他們一靠近就受到濃密的雷射大雨歡迎，險些就要死了兩三個人……真是刁鑽。

光速長槍連續降下，不給人喘息的空間，有時還來個橫掃。戰隊員們東躲西閃，呼吸漸漸變得急促。操作出錯沒躲好，使得破甲釘槍或機槍被炸掉的場面也逐漸增加，直接被擊中恐怕已是時間的問題。

既然這樣，或許只能做好同歸於盡或活埋的覺悟，把天花板從頭到尾射過一遍——……？

這時，一個平靜的聲音岔入沸騰的思維。

『——全機將彈種換成榴彈。』

西汀睜大不同顏色的雙眼。這個聲音是……

「諾贊……！」

『我負責指示目標，妳專心指示閃避……我知道「軍團」的位置，但不知道被盯上的「破壞神」的位置。』

西汀一瞬間愣住了。

然後苦笑般笑逐顏開。

明明自己也正在戰鬥。

「……死神弟弟真是雞婆呢。」

西汀甩甩頭，目光犀銳地仰望天花板。在雷達螢幕上，可以看到射擊子機型四處蠢動的光點。

辛無法連「破壞神」的動作一併掌握……沒厲害到能指示由誰開砲。既然這樣……

「只講座標就好，沒人會把你的聲音跟我的聲音搞混——所有成員！死神大人的天啟要傳授我們開砲位置了，誰都可以，距離目標最近的就射擊！」

即使指示做得亂七八糟，眾人仍做出肯定回應。

混雜於悲嘆之聲中，在知覺同步的那一頭，冒出一聲已經漸漸聽習慣的咂舌，讓西汀莫名覺得好笑。

†

『——距離二二。最後一隻了，西汀。』

「嗯，我掌握到了——奧托，開砲！」

最後一發射擊，陷進被霰彈砲擊打得坑坑巴巴的白色天花板。混雜於破裂四散的磁磚碎片之中，蜘蛛般的小型「軍團」腹部抱著發振器的碧藍輝耀，向下墜落。

西汀斜眼看看躺在地上，吃了機槍掃射陷入沉默的敵機，把「獨眼巨人」的操縱桿往前進位置用力一推。

發電機型的巨大蝴蝶複眼，看著像被撞飛般開始疾走的「獨眼巨人」。非戰鬥型的「軍團」已經毫無護身手段，即使如此仍傲然仰頭，迎接渺小的敵機。

西汀如今與辛同步，聽得見它的悲嘆之聲。帝國萬歲，帝國萬歲。高亢的，很可能屬於女性的聲音——從它的背面上半部附近傳來。身為「軍團」指揮官的「牧羊人」，用過去曾在某地活過的人類的死前遺言持續悲嘆。

「破壞神」不擅長進行仰角砲擊。這架巨大的「軍團」恐怕高達十公尺，而且還要攻擊它的背面，無法直接射擊攻擊，不過——……

『西汀！』

夏娜機反應很快，趴伏到地上。「獨眼巨人」一跳上它的砲塔，夏娜即刻用解除限制的四腳最大馬力，讓機體奮力一跳。

當成立足處的友機腳力加上自機的同種力量，「獨眼巨人」跳躍到超越本身規格的高度。

西汀將鉤爪打進圓頂天花板，以最大速度捲線，讓自己攀到上面。她踢踹如今化為地板的天花板，斜著落下——將砲口朝向悲嘆之聲。

目標是背部，兩對翅膀的夾縫！

——帝國……萬歲……

「閉嘴，半死不活的東西。」

扣下扳機。

將砲聲拋諸腦後擊發的八八毫米高速穿甲彈，不偏不倚地刺進發電機型的背上。如同天降長槍，又如同對剛才的戰鬥還以顏色，刺穿那龐然大物。

雖說屬於非裝甲（Soft-skinned），但畢竟體型過於龐大。貧化鈾彈芯一邊切開發電機型的內部構造一邊前進，最後失去足夠穿透胸前框架的動能，沒能射出體外，在內部反彈。彈芯一邊撕裂內部構造一邊亂蹦亂跳，引發特有的燒灼效果，燒燼怕火的流體奈米機械。

理應早已死去的亡靈，發出響徹四周的臨死尖叫。

轟……發電機型沉重倒下，西汀在它的頭部近旁落地，冷哼了一聲。

『——女王陛下，發電機型已經擊毀嘍……對吧，諾贊。』

『是啊……我想是吧。』

『……講話幹嘛這麼有氣無力的啊。』

『這點小事妳自己看應該知道，不要問我沒意義的問題。』

聽到兩人戰鬥告一段落後，馬上又變得水火不容，讓蕾娜忍不住輕聲笑了笑。

看來他們找回了阿涅塔，又擊毀了發電機型，達成了一項作戰目標，又有餘力鬥嘴了。

「辛苦了，諾贊上尉、依達少尉。請兩位繼續執行任務，壓制自動工廠型。諾贊上尉請先將潘洛斯少校交給步兵部隊。」

『收到。』

『所以等壓制了自動工廠型，就剩掃蕩殘餘敵機了吧…………大帥哥，敵人好像還多得跟什麼似的，但實際上大概還剩幾架？』

『……妳真的想問嗎？』

『啊——還是算了。聽你這回答，我大概就知道狀況了。』

西汀一副打從心底煩透的樣子脫口而出，讓蕾娜輕聲笑了起來。

「再過不久就能完成作戰目標了，請大家繼續加油。」

†

即使是覆蓋據點的大量砂土與水泥牆，也不會阻礙透過內部收起翅膀休息的阻電擾亂型進行的通訊。

『——確認母體二七七已遭擊毀。將指揮權轉讓予赫耳墨斯一號。』

『赫耳墨斯一號呼叫第一廣域網路。』

『全研究資料轉送完畢。決定放棄生產據點二七七。實行機密措施。』

『配合機密措施實行，要求解除隱匿項目二七七〇八——請求許可。』

『第一廣域網路呼叫赫耳墨斯一號。通過請求。』

『收到。』

通訊結束。

然後它在黑暗深淵，對麾下全軍發出了指令。

『赫耳墨斯一號呼叫全機。下載二七七〇八。開始轉檔。』

『執行。』

這時在廢都的地下，於陽光照不到的黑暗深淵，發出了有如詛咒，又有如祝賀的悲嘆的叫喚呱呱墜地。

「唔啊……！」

「軍團」們的尖叫突然間急速增加音量，讓辛摀起耳朵縮成一團。這不是物理性的聲音，因此這樣做毫無意義。即使如此，他無法不這麼做。

數不清的喘鳴、苦悶、叫喚、呻吟接踵而至，流入腦海。利刃般的巨響割裂思維，灼燒大腦，還不肯停止。頭要裂了，理智要被輾碎了。不屬於自己的大批臨死慘叫形成的風暴，不是區區人類的藐小意識所能承受。

當頭壓下的過大負荷，使得所有感覺急速遠去。在逐漸縮窄的視野與塗滿血色的意識當中，如最後一陣嘆息般冒出的疑心，只到一半就中斷了。

難不成……

「——哇啊！」

令人渾身凍結的悲嘆狂潮流入耳裡，讓西汀摀起一隻耳朵。龍捲風般的暴虐之聲，即使將同步率設定為最低數值，仍是震耳欲聾。

西汀趕緊切斷與辛的同步，咬緊臼齒，取回險些被拉走的意識。側耳細聽，可以聽到戰隊長之間使用同步互相傳達混亂與恐懼的聲音。

剛才那是什麼？

西汀呆滯地想，回過神來，用力搖了搖頭。振作點，妳腦袋還在發昏嗎？

該問的不是「那是什麼」，而是「發生了什麼事」。

西汀試著與辛重新連上知覺同步，但連不上。不知道是拆掉了同步裝置，還是承受不住負荷昏倒了……應該不至於因為剛才那一下就掛了吧。

身為戰隊長的辛如果有個萬一，副長萊登應該會忙於應對，恐怕沒有多餘心力解釋狀況。既然如此……

「——喂，賽歐！發生了什麼事！是臭鐵罐們的攻擊嗎？」

賽歐立刻切換了知覺同步對象，從先鋒戰隊的處理終端，切換成各戰隊的戰隊長與副長……不愧是早在兩年前就分發到過去的最精銳部隊，第一戰區第一防衛戰隊「先鋒」的一人，頭腦轉得夠快。他一瞬間就判斷出，現在該將情報傳達給誰。

『各位戰隊長，由我擔任代理進行聯絡！——首先，剛才的聲音不是「軍團」的攻擊！辛沒有回應，等防禦態勢整頓完成後，我再做確認。』

賽歐自己似乎還沒完全擺脫動搖與混亂，他刻意花時間呼出一口氣，用勉強壓低的聲音說：

『然後，以下是我的推測……我對那種聲音有印象。』

賽歐一邊說，臉孔一邊扭曲起來。

他回想起兩年前，在第八十六區東部戰線第一戰區第一戰隊，最後的那場戰鬥。

名為特別偵察的決死之行的開端。

賽歐與辛並肩作戰將近三年，理應已經習慣了，而且都已經將同步率設定為最低，卻仍然無法阻止自己發抖。那陣有如劈雷，滿是殺意與執著的叫喚……

辛至今仍無回應。

「是『牧羊人』——把那些傢伙發出的聲音好幾個湊在一起，應該就會變成這種聲音了。」

西汀不解地插嘴道：

「等一下，『牧羊人』數量不是不多嗎？聽說以共和國周邊來說，連一百架都不到……剛才的聲音可不只是一兩架喔，隨便估計，都要這附近所有『軍團』統統是『牧羊人』，數量上才說得通。」

『嗯，所以說，大概就是這麼回事。』

所以到底是怎麼回——……

「……不會吧。」

即使是西汀，也不免感到一種寒意沿著背脊往上爬。

雷達螢幕上映照出敵機的光點。「獨眼巨人」經過強化的感應器，接連捕捉到接近的敵機。伴隨著來自地底，令人膽寒的叫喚，成群「軍團」擠得滿滿地接連爬上來。

不會吧。

「意思是這些全都是『牧羊人』嗎……！」

†

模仿大型哺乳類中樞神經系統的「軍團」中樞處理系統，由製造機體的帝國設定了不可變更的壽命。

每種版本各五萬小時，約等於六年。經過這段時間，中樞處理系統的構造就會崩壞，使得功能停止運作。這是為了預防「軍團」們失控所做的安全對策。

帝國滅亡後，「軍團」們再也得不到版本更新，即使如此，為了聽從命令持續戰鬥，它們尋求作為替代品的中樞處理系統組織。所幸替代品就近在它們身邊。

那是哺乳類當中特別發達的中樞神經系統，也就是人類的大腦。

然而「軍團」們只會在戰場上遇見人類，沒那麼容易得到頭部受損較少的屍體。不回收戰死者屍體，定期派小部隊展開決死之行的共和國戰線，是能夠擄獲最多腦髓的戰場——實際上，大陸全境的「黑羊」或「牧羊人」幾乎都是擄獲自反共和國戰線——但那終究只是相對而論。

只有在進行那場壓制作戰的時候，擄獲到了大量腦髓。

那些人類不戰鬥，也不自殺。生存者被回收運輸型拖走時，其他人類既不出手相救，也不殺死他們。所有人類都只是無能為力地抱頭鼠竄，再沒有比那更輕鬆的獵場了。

聖瑪格諾利亞共和國，當中的八十五個行政區。

雖說將屬於少數民族的所有八六全放逐到了第八十六區，但他們畢竟是曾在大陸西部擁有相應國土與人口的先進國家之一。

擄獲的國民人數足足有……

千萬之譜。

†

「……可是『牧羊人』的數量怎麼會突然增加……」

蕾娜一手撐在儀表板上，支撐著幾乎要不支倒地的身體，發出呻吟。

歸她指揮的所有部隊，接二連三提出慘叫般的報告。遭遇到的敵機集團改變了行動模式，我方移動方向被敵軍看穿，利用巧妙的聯手行動引誘他們上鉤，理應身經百戰的八六與聯邦軍人們行動遭到封殺，轉眼間漸漸被逼入絕境。

「牧羊人」。完美保持了生前的知性，「軍團」們的指揮官機。

雖然是不好對付的對手，但應該不會是這種像雜兵一樣集團出現的敵人。

不，真要說起來……

為什麼……到現在才投入戰局？

不是打從一開始就當成防衛戰力使用，而是等到發電機型遭到擊毀，半座設施也被壓制的現在才……

「……！」

蕾娜發現了答案，抬起頭來。

「華納女神總部呼叫各位戰隊員！」

「——辛，辛！喂！」

有人在呼喚自己，同時肩膀被人搖晃，辛總算恢復了自我意識。

血紅雙眸聚焦，原本睜大著沒看任何地方的眼瞳，映照出眼前的某人。

「……是萊登啊。」

「你醒啦。」

萊登鬆了一口氣。他們人在座艙罩強制開啟的「送葬者」駕駛艙中。一行人將「狼人」與「送葬者」推到厚實水泥牆的旁邊，戰隊其他所有機體組成好幾層半圓形圓陣，兩人就待在這堅固防禦陣形的最裡面。

在最外側的圓圈，賽歐、安琪與可蕾娜等人正與蜂擁而來的「軍團」們展開激戰。他們已做好徹底抗戰的準備，一發砲彈或一隻自走地雷都別想通過，為了保護在他們背後，於戰場正中央被剝奪意識的辛，以及為做確認而離開「狼人」，暴露出血肉之軀的萊登。

待在「軍團」勢力最前排的全都是「牧羊人」。它們發出在這極近距離之內足以震破耳膜的激烈轟然叫喚，而且數量還在增加當中。先是看到戰鬥行列後方候命的「軍團」忽然矗立不動，陌生戰死者的悲嘆聲隨即消失，接著它們就爆發出與前一刻有所不同，雖是人聲卻不成言語的雷劈般尖叫，開始前進加入戰鬥。

看樣子地下設施的所有場所都在發生了同樣的狀況。在遠處群聚時，聽起來只像是一整團的「黑羊」聲音，漸漸變成貫穿戰場的「牧羊人」之聲。

為什麼？幾乎就要浮現腦海的合理疑問，現在暫且拋到腦後。

「……我被吞沒多久了？」

「不到十分鐘啦，我們把『送葬者』拖到這裡圍起來，才剛剛撬開座艙罩……本來是想說如果你醒不來，我就只把你拉出去，用『狼人』帶走。」

萊登說出這種令人發毛的話，瞇起了一眼。

「你還好嗎……我看是不太好啦。還能動嗎？」

辛長嘆了一口氣。

慢慢習慣了。雖然每時每刻硬鑽進腦海的叫喚仍然讓他頭痛欲裂，眼前萊登的聲音也因此顯得遙遠，不過……不至於動不了。

「可以。」

「那麼你盡量想辦法跟上，直到突破這裡為止……撤退命令下來了。」

意想不到的發言，讓辛狐疑地回看他。自動工廠型尚未壓制完成，在這種狀態下……

「撤退……？」

「我簡單說明一下狀況，諾贊上尉。」

跟好不容易甦醒的辛進行同步，明明是最低的同步率，沉重刀刃般的亡靈嘆息仍然有如暴風吹襲過來，而且辛像是忍受痛苦的呼吸更是讓蕾娜掛心。

「雖然細節不明，總之敵方部隊當中，突如其來出現了多數『牧羊人』……目前全體部隊正被迫停止進軍，進行防禦戰或是後退。」

『……我認為單純只是這裡所有的「軍團」下載了什麼「牧羊人」的腦部構造。你聽見的那個什麼聲音，是不是總數量不變，只有「牧羊人」的數量增加？』

阿涅塔插嘴，但蕾娜搖了搖頭。

「晚點再進行分析吧——這次投入戰力，是在對『軍團』而言理應屬於高價值防衛目標的發電機型遭到擊毀後，才實行的動作。也就是說這麼多的『牧羊人』比發電機型更有價值，如今敵軍投入了本來受到隱匿的這些戰力。換句話說……」

『機密處理——是嗎？』

「是的，為此敵軍企圖殲滅突擊部隊。」

對「軍團」而言……

比起發電機型——比起這座生產據點，隱匿這無數的「牧羊人」的存在更為重要。

而比起它們，這座設施裡的「某種東西」又更需要隱匿。

從之前阻電擾亂型發生過活性化——進行過通訊來看，很可能是某種資料。他們認為或許是敵軍取得的「牧羊人」腦部構造資料，但也有可能還有其他東西。

若是能做確認最好，只可惜現在已經太遲了。

「第一目標的發電機型已經擊毀，這下子自動工廠型想必無法運轉。我判斷目標已經達成，決定從作戰區域撤退……請各位盡速從現場脫身。」

蕾娜暫且切斷與辛的同步，悄聲問道：

「可是阿涅塔，妳覺得它們是怎麼辦到的？」

在戰鬥中下載資料的行為無論多麼亂來，反正終究是敵軍的問題，姑且不管。但「牧羊人」怎麼會這樣增加？

一名戰死者只能做出一個「牧羊人」。就算在大規模攻勢中大量擄獲到共和國人，難道敵軍捨得在這場戰鬥中，這樣毫不吝惜地揮霍使用嗎？

『剛才看到的「軍團」它們取出腦髓的說明書，大概就是答案吧。』

阿涅塔講話語氣苦澀又細微。

此時，阿涅塔正與達斯汀同乘一架「破壞神」。她講話這樣小聲，是怕擁擠駕駛艙中近在身旁的他聽見。

『真要說起來，我看了諾贊上尉的報告後，就一直很有疑問。如果作為中樞處理系統，「牧羊人」的——完好如初的腦組織比較優秀，為什麼不把「軍團」全部機體都變成「牧羊人」？』

以前蕾娜也問過這件事。

聽說「牧羊人」的數量，把過去共和國的所有戰線加起來，也只有大約一百架。說是因為在劣化前遭到擄獲的戰死者大腦，就只有這點數量。

然而如果複製的不是大腦本身，而是它的構造，那怎麼想都說不通。只要拿同一份腦組織進行複製，要做幾架都不成問題。

它們之所以不這麼做。

之所以腐敗劣化的「黑羊」可以複製，未受損傷的「牧羊人」卻無法複製。

『剛才的大腦樣本，每一個到了最後，都破壞掉了記憶區，這就是答案……比方說如果有個跟自己完全一樣的人出現在眼前，蕾娜，妳能保持理性嗎？大概正因為剩下了一點點記憶，所以想複製也辦不到吧。』

自我認同（Identity）。

只要是人類都具有的這項概念，比什麼都不符合在自動工廠中，如烏雲蔽日般量產出的殺戮機器的存在樣貌。

「那麼……」

『對，以後就不一樣了。「牧羊人」會無限增加。不管是新一批製造出的「軍團」，或是以往的「黑羊」，幾乎全部都會經過智能化。』

原因恐怕也出在共和國的淪陷。

敵方一定擄獲了遠比以往更多的人類。未受損傷的人腦，不再是珍貴的擄獲品。

如何破壞哪個部位，才能不降低作為中央處理裝置的性能，又能排除名為人格的雜質？如今人腦已經夠多了，讓它們判斷耗費在實驗上也不可惜。

雖說「軍團」能夠進行至今沒有一個國家能仿傚的完全自律戰鬥，但它本來的思考能力比起人類，仍遠遠稱不上成熟。

而它唯一的弱點，今後將會消失。比人類更堅忍不拔，不會感覺到疲勞或恐懼的「軍團」，今後就連一兵一卒都會與人類同等地智能化……變得能與人類實行同等程度的複雜作戰。

從中推論出的預測，讓蕾娜渾身發毛。阿涅塔之所以沒再多說，想必也是出於同樣理由。這些話不能讓戰鬥中的處理終端聽見。

雖然高傲不屈的八六們即使知道這點——恐怕還是會戰鬥到底就是了。

看來人類可能還是……注定會敗給「軍團」。

『……總之就是這樣。在我們突破這裡之前，你就想辦法跟上吧。你不准戰鬥，給我跟葉格一起乖乖待在隊裡。』

被回到「狼人」裡的萊登這樣警告，辛蹙額顰眉。

「沒這麼容易吧。」

被當成累贅是沒辦法……但在這種狀況下……

「『黑羊』與『牧羊人』戰鬥能力完全不能比。既然敵方戰力實質上等於增加了，光是我一個人脫離戰線，應該都會對我方造成不利才對。」

『……我說你啊。』

「我不會亂來……因為我並不想死。」

他不會再像半年前，或者是更久以前，毫無自覺地尋求葬身之處，在戰地徬徨了。

『…………』

辛感覺到萊登用力抓了抓剪得短短的頭髮，順便還深深嘆了口氣。

『……只要我覺得情況不妙，我就會把你打昏扛走。這是我身為戰隊副長的權利與責任，沒有怨言吧？』

「我沒有異議，但等你能把我打昏再說吧。」

辛勉強回了句俏皮話，萊登雖然沒笑，但也用鼻子哼了一聲。

一不小心，視野又差點天旋地轉。辛在撐住意識的同時，無意間想起一件事，接著說了出口。

這是之前……其實已經過了長達半年，總之是芙蕾德利嘉說過的話。

記得她好像是說——稍微依靠一下身旁之人吧。

「……抱歉，指揮工作可以交給你嗎？」

隔了一瞬間，半晌過後，這次對方回以苦笑的氣息。

『可以。應該說，我死也不要讓現在的你來指揮我。看你這副德行，反正鐵定會捅出不像樣的婁子吧。』

『賽歐！要撤退了，麻煩你殺出一條路！』

「收到……咦……」

為了切開「軍團」厚厚一層的戰鬥行列，賽歐放眼戰場，尋找能夠下手的破綻，眼睛停在一個點上。

在成排敵軍的另一頭，一群自走地雷看都不看他們，往完全不同的方向跑去。

「那是在幹嘛……？」

自走地雷接二連三地抱住支撐天花板的柱子，緊抱不放，然後直接自爆。

想要殲滅先鋒戰隊這個敵性存在，這種破壞行動毫無意義。

不。

賽歐一理解的瞬間，一股戰慄竄上背脊。

它們想弄垮這裡。

「唔！安琪、達斯汀！往右手邊通道方向發射所有榴彈！——現在立刻開路！」

安琪的「雪女」即刻做出反應，稍慢一點，達斯汀的「射手座」也將手邊所有榴彈全打向指示的方向。

全身挨了碎片的「軍團」被炸飛而跳開，使得敵方隊伍開出一條窄路。

「全機跟上！——辛，你可別落後喔！」

賽歐在視野邊緣確認「送葬者」站了起來，而「狼人」擔任殿軍後，駕駛「笑面狐」衝進清空的那條路。

試圖擋路的自走地雷，由賽歐用「笑面狐」的鼻尖將其強行彈開，在極近距離內掃射機槍轟飛它們。

想從側面發動襲擊的斥候型，被隨後跟上的「神槍」用釘槍踩爛。「雪女」連重新裝彈都嫌浪費時間，急速飛馳，「狼人」則是掩護著她，從最尾端用機槍掃射左右兩方。

後方的自走地雷還在抱住柱子，陸陸續續進行自爆。

自走地雷基本上來說屬於對人用兵器，炸藥量不是很多。只靠一隻對人用機型，連「破壞神」的裝甲都炸不開。

然而如果堅固的鋼筋水泥反覆遭受到這種爆炸威力，一點一點被削掉的話……

賽歐甩掉窮追不捨的近距獵兵型，撲進隧道裡。這裡面沒有敵機。他一轉頭，確認「狼人」

跌跌撞撞地滾進隧道裡來，緊接著……

受到切削的柱子終於折斷，其餘柱子因為負重增加而變形，失去支撐的天花板因而崩塌。

看到剛剛還待著的戰場掩埋在灑下的大量砂土中——就連八六們也不免啞然無語。

「——收到，已經連自走地雷都智能化了是吧。」

蕾娜苦澀地點頭回應。

其他戰隊也回傳了相同報告。說是地下空間受到自爆攻擊而坍塌，又說自走地雷放著眼前的「破壞神」不管，開始破壞柱子了。

智能比人類低的「軍團」無法理解因果關係……以往不能。只要破壞需要的幾根柱子，就能把整座戰場連同敵機一起摧毀——自走地雷似乎是如此判斷，也證明了它們已然經過智能化。

就連對「軍團」而言，屬於拋棄式兵器的自走地雷都是如此。

「不過，我們也因此能夠預測敵機的行動……假如要讓自走地雷破壞設施，必須在必要的位置布署一定的數量。只要擊潰移動路徑，它們便無法破壞前方的地點。換句話說，敵軍將會從距離自走地雷目前位置最遠的設施開始，逐一炸燬。」

「軍團」雖有如烏雲蔽日般無限來襲，但並非憑空出現。一旦移動路徑被砂土掩埋，它們當然無法移動到砂土後方的空間。

「只要知道它們的順序，逃脫的可能性就非常高，而順序也不難推測。」

蕾娜仰望全像螢幕，掌握各戰隊的目前位置。布里希嘉曼戰隊進入到最底層，也就是第五層。先鋒戰隊為了尋找阿涅塔，超出其他部隊的位置，來到第四層東側附近。

她要讓這兩個距離較遠的戰隊一樣全員生還。

「諾贊上尉，我想這會讓你很不好受，但請再度進行索敵。只要能找出目前『軍團』──自走地雷聚集的場所，接下來就由我們這邊算出今後的布署位置。」

『收到。』

聽到帶著些微痛苦的回應後，地圖上顯示出多個光點。看來辛是判斷與其口頭傳達座標，不如使用勉強連上線的資訊鏈比較快。蕾娜修正幾個上下位置可能有誤的座標，放眼觀察整體狀況後，點了個頭。

「我判斷破壞『軍團』生產據點的作戰目標眼下已經達成，接下來開始進行全體突擊部隊的撤退行動。」

蕾娜輕輕吸了一口氣。

「滿陽少尉，請讓呂卡翁戰隊於第一層及第二層中央區域周邊布陣，堅守至突擊部隊歸來。班諾德軍士長，請從極光戰隊派出三個小隊給呂卡翁戰隊。」

『收到了喔。』

『本部防衛力減半啊……沒關係，我會想辦法。』

蕾娜將後備戰力與部分直衛投入戰場，為突擊部隊確保退路，再來只要讓全體部隊抵達該處即可。

「突擊部隊各位成員，我將進行導航，指引各位脫逃的路徑與步驟。請各位正確行動，但不要落後……並聽從我的指示。」

音色如銀鈴般凜然的命令，調度著疾驅於漆黑幽冥的無頭四腳骷髏，以及身穿鋼鐵裝甲的機鎧騎士。

「雷霆戰隊固守第四層、第五層中央的繞行道路，請再撐六十秒。布里希嘉曼戰隊，通過該處後請向我報告……闊刀戰隊於目前所在地布陣，確保該處安全，直到先鋒戰隊通過。」

『收到，不過機槍與主砲餘彈都只剩兩成，難以進行長時間戰鬥。』

『收到……我們這邊餘彈也不是很多，請快點回來喔，隊長！』

破壞據點的行動一面以發電機型與自動工廠型為優先，一面從四方邊緣推進。根據辛的報告指出，「軍團」的部分殘存兵力也正從各樓層的北部區塊，往支配區域深處撤退。他們擊退了敵軍可能為了殿後而留下的，戰術價值較低的自走地雷，還有中樞處理系統尚未變換的「黑羊」，以及修理到一半的「軍團」，同時先讓全體部隊前往各樓層的中央區塊。

「布里希嘉曼戰隊，請確保第四層中央區塊安全。」

部隊的進軍方式基本上是交互躍進……也就是由多個部隊交互前進，停止的部隊掩護進軍的部隊。這種做法在撤退時也一樣。而掩護部隊必須守住退路直到友軍後退，其間將暴露在敵方部隊的槍林彈雨之中。

「雷霆戰隊與布里希嘉曼戰隊會合。先鋒戰隊堅守第三層，直到闊刀戰隊抵達為止。」

損害報告接踵而至。機槍餘彈歸零、裝甲有輕微損傷、機體輕度破損、中度破損、隊員受傷——隊員戰死。

戰隊與裝甲步兵部隊逐漸喪失人員，但各部隊仍持續往地面前進。蕾娜讓他們重複著戰鬥與後退的動作，一邊損兵折將一邊逐步撤退。

「呂卡翁戰隊，這邊確認到有近距獵兵型分離裝甲，縮小了全寬。預測進擊路線將因此增加，請多注意。」

『收到了……！但要是敵人再繼續增加，恐怕會撐不住……』

『別說這種喪氣話了，小姑娘！再撐一下就好，展現妳存活到現在的毅力吧！』

那就像是在誰也看不見任何人的黑暗中，一邊互相吃掉棋子，一邊展開的一場西洋棋局。

「牧羊人」擁有與人類同等的知性。

這同時表示，它們有時能預測人類的判斷，並做出對策。

『萊登，不要出去！有敵人！』

萊登正要彎過交叉路的那一刻，聽到辛的警告，讓「狼人」緊急停止。一看，彎過交叉路的前進方向上有戰車型的身影，用它的龐大身軀填滿了細窄隧道。

它用砲塔對準這邊，做出埋伏的姿勢。而這條狹窄的隧道裡，沒有任何多餘空間能逃開它的彈道。

看來不容易打倒。

「蕾娜！麻煩變更路徑……」

『不要緊，繼續前進吧。』

某人插嘴的同時，一架「破壞神」擦過了「狼人」身側。那架機體即使在這種封閉空間中仍堅持不肯換掉狙擊砲，機身上有著步槍附瞄準鏡的識別標誌。

「可蕾娜！」

『要盡快回去才行，對吧？我擔心辛……況且對方那樣停著不動的話，我可以輕鬆地……』

「神槍」不加思索地跳出藏身的交叉路。戰車型做出反應，微微轉動砲塔，但「神槍」比它更快，從臥射般的姿勢發動砲擊。

沿著與朝向自己的一二〇毫米戰車砲砲身交錯的軌道，八八毫米高速穿甲彈疾速飛去。砲彈精準地命中砲塔正面的戰車砲的基座——受限於砲身的可動範圍，只有那裡沒有裝甲，留下了針孔般細穴。彈頭穿透表面，入侵內部。

那是以絕大防禦力為傲的戰車型在砲塔正面裝甲的唯一弱點。當然，換作在雙方展開激烈機動動作，以戰車砲互轟的戰場上，是根本瞄準不到的地方。

『……正中要害。』

「神槍」平靜自若地轉過身來，在她的後面，戰車型從背後部位噴出火焰，一籌莫展地頹然倒下。

『維持目前速度直線前進十五秒，下個轉角往左。』

萊登聽從指示衝進去的地點，原本可能是倉庫或類似的設施，是個空曠的空間。陰暗空間中沒有一盞燈光，細長倉庫彷彿無限延伸，其中一邊牆壁整面堆滿了布包般的某種東西，塞得密不透風。

一想到那些東西是什麼的瞬間，萊登已經反射性地大叫出聲：

「芙蕾德利嘉！閉上眼睛！」

『噫……！』

看樣子晚了一步。小女孩僵硬的慘叫透過知覺同步傳入耳裡，接著是反胃般的咳嗽聲。

數量龐大到填滿那個廣大的空間，堆高到直達天花板的物體，是被腐屍液浸染變色，不計其數的人類白骨。

那數量可不是能用成百上千來形容的，屍體數量多到恐怕數以萬計……甚至讓人懷疑是否超過前次大規模攻勢與電磁加速砲型討伐作戰時所造成的死亡人數，就跟掩埋場垃圾沒兩樣地隨便堆著。

不……實際上對「軍團」而言，那些確實不過是垃圾。

底下白骨承受不住堆在上面的屍骸重量而被壓碎，恐怕有幾十人份的骨骸都混在一起了，遑論什麼尊嚴。牆角那邊有些屍骸應該還算新，雖然變色但還保留了一半原形。萊登別開了目光。

他現在才終於明白，在鐵幕之中，雖說共和國餘黨節節敗退，但「軍團」還偏要把生產據點設置在離最前線這麼近的地點的理由。

這是為了把從前線弄來的新鮮屍體，與還沒變成屍體的人類盡快做處理。

也就是說那數量實在太多——多到一個個送往後方會來不及。

就他所看到的，所有人都被切除了眼睛上方的頭蓋骨，像丟掉蓋子一樣不見了。至於從中被取出了什麼東西就不言而喻了。

只希望解剖時，至少那人是沒有意識的。

萊登不禁近於祈求地這樣想，然後輕輕搖了搖頭。

區區人類的柔弱臂力，以戰鬥型「軍團」來說，連最輕量的自走地雷都甩不開。對付不管怎麼抵抗都壓得住的「原料」，「軍團」應該沒有必要特地奪走對方的意識。

也沒有理由大發慈悲。

在殺個你死我活的戰鬥中，活捉不是件容易的事。所以這裡的屍骸，大半應該都是自動放棄戰鬥手段的白豬。即使如此，一想到在這地底上演了長達半年的慘劇，與其中的痛苦……感覺實在很差。

「破壞神」踩踏的地板，出於讓人不願去想的理由，感覺有點黏黏的。

被切除的「蓋子」堆積如山。身穿讓人覺得眼熟的沙漠迷彩野戰服的白骨屍體，以及身穿感覺陌生的禮服的腐爛屍體。棄置在地上的簇新屍體、屍體、屍體、屍體——……

疾走於它們的狹縫間，萊登受困於一種奇妙的絕望感之中。

所謂的死亡。

帶來死亡的「軍團」，對任何人一律平等。

不論是原為迫害者的白系種，還是長期受虐的八六，對「軍團」來說都一樣是敵人，只不過是材料罷了。

其中毫無區別……毫無歧視。

發展了數萬年的歷史，人類仍然未能達成的「平等」，就某種意義來說，竟然在「軍團」這種殺戮機器的手中實現……萊登覺得這就像對人類的一種無可救藥的諷刺。

以前保護過他的老婆婆曾說，人類是什麼天神拿自己當樣本所造出的特別生物。

如果真是如此，那麼人類就是勞煩了天神親手製作卻不懂得惜福，有著缺陷的失敗品吧。

「……真是無藥可救了。」

萊登用連知覺同步也收不到的聲量喃喃自語，但自己也不知道這話指的是什麼。

「……所以，在變成那樣的前一個階段，就是這些玩意兒？」

可能是被戰鬥中的震動所震落，原本關閉的鐵門掉了下來，暴露出倉庫的內部。西汀駛著「獨眼巨人」巡視一圈，嘆了一口氣。原來這就是戰場上突然冒出人類的原因。

在倉庫裡無力蜷縮著的，是一群蓬頭垢面，黑黑髒髒的人形物體。

玻璃珠般的銀色眼睛反射著微光，那不是自走地雷，是人類。他們是倖存白系種的一支集團，大概是在大規模攻勢中被抓到的。

活著是活著。

只要受到完善治療，想必能撿回一命。

不過，也就只是這樣了。

凝視西汀的雙眸——一樣完全失去了理智與理性，墮入瘋狂的深淵。

人類的區區理智，其實出乎意料地脆弱。

只要奪走陽光、正常的三餐、自由與尊嚴，取而代之持續給予他們飢寒與恐懼，不管是自以為多頑強的人類，都絕對撐不住。

……西汀不會同情他們。

只不過是用同樣方式害死眾多八六的一群傢伙，步上相同的末路罷了。

西汀到處走走看看，發現這裡沒有人跟她一樣是八六——全都是銀髮銀瞳的白系種。不同於這些白豬，不知道八六們是在戰場上被撿到，因此沒被活捉，還是勉強來得及自殺。又或是數量不及白豬，一落入它們手裡就被交出去，遭到肢解了。

「……哼。」

西汀點出裝備選擇畫面，裝填具備對人殺傷能力的多用途榴彈。背部砲架的八八毫米霰彈砲追蹤西汀朝向那邊的視線，精細地旋轉瞄準目標。

瞄準標誌閃著紅光翻轉，表示已確實照準目標。西汀食指扣住扳機，施加力量——

「——算了。」

她自言自語，鬆開了手指。

這架「女武神」的照相槍影像，會壓縮保存於任務紀錄器。不同於錄了沒人看的第八十六區，現在駕駛員還有義務於每次作戰結束時交出影像。

雖然西汀對什麼聯邦軍一丁點也不感恩戴德，但自己目前好歹是他們養的狗。她必須克制一點，不要做出喜歡玩同情與正義遊戲的主人討厭的行為。

因為想也知道，一旦讓主人不開心了——而且只要有藉口，就算是在聯邦，也會隨時遭人捨棄。

『……要怎麼做，西汀？』

「我們幫不了他們，所以沒辦法。」

對於副長夏娜毫不關心的詢問，西汀冷哼一聲回答她。

「軍團」之所以沒從這些傢伙頭上取出大腦，恐怕並不是因為遭人攻打以致沒時間處理。而是因為他們已經完全發瘋，不能做成「牧羊人」了。

勉強帶他們回去，就算治療到恢復原狀，對大家也都沒好處。

西汀側眼看著被亂扔在倉庫出入口周圍，彷彿遭人亂啃一通而散亂一地的無數人骨，轉身就走。

統統都是少了眼窩以上頭蓋骨的人骨。既然另有取出所需部分後丟棄的垃圾場，那會被丟進這裡的屍骨就是別有用途。

西汀想像之後，也不免覺得噁心。

不是「彷彿」遭人亂啃一通。

「……我們走吧。」

拋下這句話，西汀轉身背對白豬們的末路。

好不容易抵達第三層的中央大廳時，萊登已經累得像是逃跑了一整天。

知覺同步的另一頭，痛苦的呼息夾雜在狂風大作的悲嘆之聲中，令他苦澀地緊皺眉頭。

辛的負擔還是很大。他雖然將前衛職責交給賽歐，一路勉強戰鬥到現在，但呼吸變亂的速度快得明顯。

得趕緊抵達第二層才行……

只要與呂卡翁戰隊會合──「破壞神」機數增加後，就算萊登叫他躲到後面，他再白痴想必也不至於有怨言。與持續撤退的「牧羊人」本隊拉開距離，應該多少也有幫助。

但現實違背了萊登的期望，借來的聽覺捕捉到悲嘆之聲正在接近。半晌過後警報大作，顯示「破壞神」不算太廣的掃描範圍抓到了移動物件反應。

來自大廳的所有出入口，以及現場所有的遮蔽物背光處，自走地雷、斥候型、近距獵兵型依然不分「牧羊人」與「黑羊」集結成群，一窩蜂地泉湧出現。

立於前頭的一支近距獵兵型集團，一齊搖晃鋼鐵色的銳利輪廓，用同一名少女的聲音啜泣。

──我不想死。

「凱耶……！」

那個聲音……

下個瞬間就像洩氣般消失──眨眼間被改寫成某個陌生人空虛又有如雷鳴的死前聲音。

†

『赫耳墨斯一號呼叫廣域網路。』
『發現高價值目標，呼號「火眼」。』
『確認建議應對行動。』
『確認完畢，實行應對行動。』

†

以戰死後經過一段時間，開始腐敗劣化的腦組織為原料的「黑羊」，不具有生前的人格。

即使如此，宿有並肩作戰過的戰友死前嘆息的「黑羊」，仍讓萊登與同伴們都懷有某種感慨。

凱耶對他們而言，依舊是很有感情的戰友，讓他們決定在戰場上遇到就第一個擊斃，雖然只是一個可以複製的片段，但仍然想幫她解脫。

而這個「凱耶」，在他們眼前慢慢消失。

——我不想死。

——我不想死。

一邊悲嘆一邊逼近的「凱耶」們，於戰鬥的同時接二連三地消失。被陌生的死人腦部構造取代，消失得了無痕跡。

如果說這是解脫，大概也是沒錯。

然而敵軍硬是將她留在戰場上，一旦沒有用處又立即處分掉的冷酷態度……明明的確在這裡戰鬥過，卻連一點痕跡也無法留下，那種毀屍滅跡的感覺……

就好像他們八六同樣活過，也得同樣消失的命運，即使死後仍不得解脫，含恨而逝——……

這令他們無可救藥地——氣憤填膺。

「該死……！」

萊登發洩出滿腔悲憤，踩爛與自己對峙的近距獵兵型。那東西早已不是「凱耶」了。只是個下手凶狠卻不會說話，恐怕連意志也沒有，持續發出機械性叫喚的玩意兒。

這時，一道強烈的衝擊聲，響徹了遭到封閉的戰場。

那是十多噸重的機體高速相撞所產生的破壞性聲響。「破壞神」被近距獵兵型撞個滿懷，承受不住而吹飛出去。

機體側面的識別標誌，是扛著鐵鍬的無頭骷髏。

「——辛！」

當他想到「慘了」的時候，一切都已經太遲了。

辛舉起高周波刀揮砍而下，眼前的「凱耶」衝鋒氣勢絲毫不減，只往右微微墊步閃躲。刀身深深砍進「凱耶」的左半身，但是「凱耶」並未停止衝刺。它維持著勁道，整個身體猛力撞向「送葬者」的機師座艙。

「……！」

即使憑著辛超乎常人的反射神經，也不可能躲掉這種不顧生死的衝殺攻擊。「送葬者」結結實實地吃了這招，直接被往後撞飛。

若是共和國那種駕駛艙周圍接合鬆弛的會走路的棺材，這個部位遭到攻擊會使得框架斷裂，連同內部的處理終端一併斷成兩截。然而換成聯邦的「女武神」，被攻擊到這個部位只會彈飛出去就沒事了。

但被撞飛的後方……

有著以銀色蔓草花紋的玻璃圓柱覆蓋，通往底下樓層的採光用主軸。

「糟……」

即使想擊出鋼索鈎爪，被震飛的機體姿勢實在太差。

強化玻璃被撞碎的吵鬧聲響，簡直有如臨死慘叫。

主軸的黑暗深淵，吞沒了向下墜落的白色機影。

跟敵機交纏著被推落的地點，是連接第三層與第四層的主軸。

不知道是出於何種理由，這裡的高低落差高達幾個普通樓層。六座螺旋梯沿著外圈向上伸展，以裝飾玻璃與金屬打造的無數細窄連接走廊不規則地交叉，如同DNA的螺旋構造般橫跨架設於各處。

映照在仰天摔落的「送葬者」主螢幕裡，給人墜入地獄底層的錯覺。

「嘖……！」

辛揚起前腳踢飛近距獵兵型，利用反作用力翻轉過來，正好看到一條連接走廊，於是打破它的玻璃降落其中。

當然，走廊結構並沒有堅固到承受得住「破壞神」十多噸的重量與墜落速度，發出了玻璃碎裂四散的聲音，與鋼索繃斷的慘叫。連接走廊崩塌了。在這當中，「送葬者」墜落速度多少減緩了點，已經跳到了下一條走廊上。

重複幾次這種動作，最後辛避開環繞外圈的夾層，勉強設法讓「送葬者」降落在豎井的底層。

填滿空間的蒼藍幽光，如置身水底般蕩漾著。

這是個開闊的大廳，所有平面全鋪滿了深藍色鏡面磁磚。好幾條崩塌的連接走廊斜著刺在地上，繃緊沒斷的鋼索與破裂四散的玻璃碎片閃爍著暗沉光輝。有可能是蓄電裝置，彷彿時鐘塔內部機關層層複雜咬合的巨大飛輪，仍然一面發出嘰嘰磨齒聲，一面屹立於大廳中央。

時鐘塔基座同樣有著堆疊起來的人類白骨，以及宛如影子混雜其中的機械蝴蝶屍骸。其中有些人生前可能是管制官或處理終端，隙縫間閃爍著擬似神經結晶的藍光。

辛覺得配戴著同步裝置的脖子有一絲刺刺的異樣感覺，同時，他看向在稍遠處默然佇立的鋼鐵色身影。

他有餘力這麼做。

「妳這是什麼意思……凱耶？」

「凱耶」沒有動作。

辛踢飛「凱耶」後，用眼角餘光看到它沿著豎井牆面往下跑。

大概是為了減速而插在牆上的其中一把刀已經折斷飛脫。即使如此，對手受到的損傷應該不至於讓它無法動彈。但它不動，只是用光學感應器定睛注視著「送葬者」。

它分明看見了「送葬者」這個敵性存在。

『我不想死。』

「妳把我帶來這裡，就是要我看這個？」

『我不想死。』

「凱耶」沒有回應。

「黑羊」沒有與人類同等的知性，也沒有生前的記憶與人格。

辛的異能也只能聽見「軍團」的悲嘆，無法進行對話。就算是似乎維持住了生前記憶與人格的「牧羊人」也一樣。

雙方絕不可能產生交集。

『我不想死。』

「凱耶」呢喃著，便如同準備撲向獵物的肉食動物般壓低身體。

下個瞬間，從正上方降落下來的某個東西，把它砍成了兩半。

這大概是近乎最糟情況的報告了。

「諾贊上尉他……？」

『對。同步還是連著的，也聽得到戰鬥聲，所以應該沒死，也沒有變得不能動，但他並沒有回來，所以應該多少陷入苦戰了吧。』

「…………」

蕾娜咬緊色澤如花的嘴唇。

自走地雷仍在炸燬設施，大家也還在與「軍團」戰鬥。在這當中「送葬者」陷入孤立，視墜落地點等著他的敵機數量而定，可能會面臨絕望的狀況。

「看這戰況……恐怕無法派人救援。」

『說來丟臉，但確實如此。』

先鋒戰隊光是應付往豎井前進的「軍團」就已經疲於奔命了。若是勉強分出人員救援，肯定會對剩下的本隊人員造成損害。

而且即使比起履帶式戰車好一點，「女武神」作為陸戰兵器，也一樣不擅長對下方的攻擊。

「那麼，只能等上尉靠自己的力量歸隊……」

講到一半，冷血的念頭忽地閃過腦海。

目前先鋒戰隊在第三層中央區塊，闊刀戰隊在通往上方第三層的路徑上，布里希嘉曼戰隊與雷霆戰隊在第四層中央區塊，各自都有步兵隨行。

為了等辛歸隊，必須讓各部隊繼續負責目前的位置，守衛豎井周遭區域。只要有必要，「軍團」甚至不惜傷及友軍，它們想必會直接把豎井炸垮，才不會去在意裡面有沒有友機。直到豎井內的戰鬥以某種形式終結，整座豎井都得死守住。

讓他們保護戰友說起來好聽，其實根本就是不許四個戰隊與隨行步兵採取撤退行動，讓他們留在有崩塌危險的戰鬥區域。

然而如果對辛見死不救，所有人都能平安撤退回地面。

這項事實，讓蕾娜一陣心寒。

目前戰況還不至於要她做出那麼無情的判斷，但假如「軍團」投入數增加到超出預料呢？如果各戰隊的損耗數超出容許範圍了呢？

的確，單從戰力比較的層面來說，辛在處理終端當中屬於較有價值的棋子。他單騎的戰鬥能力最強，擁有長達七年與「軍團」戰鬥的經驗，最重要的是獨一無二的異能，即使身在遠方也能察覺「軍團」的動靜。

但這份價值，值得起多少人的犧牲？

歸根結柢，要將戰力的高低直接換算成每個人的性命，是對還是錯？

蕾娜至今面對過好幾次這個問題。

她作為指揮管制官，從牆內指揮八六們，最後被稱為鮮血女王。其間，她一次又一次面臨這種抉擇。

照理來講應該已經習慣了，但只不過對象換成辛，決心竟然動搖到令她害怕。

一旦那一刻來臨。

自己能做出同樣的判斷嗎？

能冷徹地說出——對他見死不救嗎？

如同她至今置之不顧的，那好幾名的處理終端一樣。

大概是感覺到蕾娜的猶豫了，萊登的語氣稍稍變得冰冷。

『……蕾娜，我話講在前頭，在撿回那個白痴之前，我不會撤退。』

這句話反而讓她下定了決心。

「這是當然，我不會做出那種指揮，白白捨棄一名部下於不顧……不過，如果事情變得必須如此，屆時請聽從我的命令，絕不能有異議。」

假如狀況變得非得捨棄辛不可，到時候……

無論是哪種判斷或者命令，都由自己來下達。辛的性命，由自己來取。

不會假手其他任何人。

因為我……

「我是指揮官……不能為了一名戰隊員，犧牲部隊全體人員。」

如果是處理終端的話。

如果是身在同一戰場，並肩作戰，生死與共的弟兄們，即使身陷困境也不會對戰友見死不救，這是天經地義的事。正因為他們之間有著這份信賴，所以即使站在生死關頭上，他們也能共同奮戰。

然而，蕾娜是指揮官。

她必須留在安全地帶，不用戰鬥，獨自高高在上地指示出「最佳手段」。正因為她要讓全體人員存活，能做出同伴之間絕對做不出來的無情判斷，才有資格率領部下。

不站在同一個戰場，而是讓別人去戰鬥。她應該已經決定好，這就是自己的戰鬥方式了。

辛不是也同意，這才是蕾娜能打的仗嗎？

她感覺萊登皺起了眉頭。

『妳又……』

西汀插嘴道：

『別擔心，萊登。我們的女王陛下沒那麼粗心，不會讓不該死的人送命。』

話中既沒有笑意，也沒有揶揄的口吻，只是淡定地說。

『她是讓很多人死過，我也好幾次想過這個臭女人是不是想殺了我。但是，從來沒有一個人是白死的……至少我知道，她是拚了命的盡量不讓人死。所以你跟那個死神，兩年前才會服從牆內這個見都沒見過的管制官，對吧。』

她感覺到萊登一瞬間陷入沉默。

『……算是吧。』

『對吧，那就拿出決心來。』

蕾娜悄悄閉起了眼睛。

「謝謝你們，依達少尉、修迦中尉。」

即使我只是從安全地帶做指示，你們仍願意信任我。

「那麼，突擊部隊各位成員。請你們在目前地點布陣，固守主軸……請保護你們的死神。」

被斬裂的「凱耶」殘骸應聲癱倒的同時，辛的異能捕捉到來自正面的吶喊般悲嘆聲。

只有吶喊的聲音。

「…………！」

就主螢幕的影像看來，眼前什麼也沒有。雖說是設定為被動探測（Passive），但雷達螢幕也沒顯示任何反應。然而異於五感的感覺，感應到了不具生命的殺氣，促使他將操縱桿推向側邊。

「送葬者」翻滾般躲避後，不祥的風切聲橫掃他原本的所在位置。

灑滿一地的玻璃碎片，像被某種東西踩到般，彈起了僅僅一次。

悲嘆之聲順勢狠狠撞上「送葬者」正後方的牆壁。才這麼想的瞬間，聲音就已繞到側面，然後再來一個彈跳，登上飛輪塔。齒輪的轉動產生了兩次紊亂，對手就用這兩次跳躍到達最高點。

好快……！

辛將雷達模式變更為主動探測（Active）。探測不到。無論從光學觀點或雷達來說都不存在的敵機，高高跳躍到以高機動性為傲的「送葬者」都望塵莫及的高度，順勢頭下腳上地再次俯衝而來。

還是一樣看不見敵機的身影。不——必須特別意識才能發覺的一縷搖曳，宛如熱氣升騰，又宛如無數蝴蝶的振翼，在幽暗間隙中搖盪。

辛定睛注視用聽不懂的機械語言持續悲嘆的，那幽微的一點——用高周波刀正確地砍向了那陣搖盪。

刀身卡進了即使在這極近距離內，也只能模糊一瞥的縹緲幻影。

連重戰車型的複合裝甲都能當水一樣切開的刀刃，卻在下個瞬間受到雙方的振動所干涉，形成與橫掃方向正好相反的力量向量，把雙方的刀刃與機體本身彈飛出去。

金屬質感的高音尖叫，割裂幽藍空氣衝向高空。

「送葬者」挨了來自正上方的劈砍，遭到震退。被斜著往上一砍彈飛的神祕「軍團」描繪出拋物線飛上半空。

辛仍然看不見其模樣，分明就在那裡，但從光學角度來說卻不存在。

是光學迷彩。

而且還不是只要凝神注視就能看穿的影像投影型或保護色型，是讓光線在周遭折射、迂迴，使得本體完全隱形的——可見光折射型的光學迷彩。

雖然看不見對手的降落軌道，但辛掌握得正確無比，接著扣下八八毫米砲的扳機。

彈種選擇為成形裝藥彈，引信啟動模式從觸發變更為定時。

看不見的敵機無法自動進行瞄準。遵照以手動模式設定的瞄準目標，成形裝藥彈翱翔於空中，緊接著在那東西的極近位置啟動定時引信自爆。

沒有直接命中，辛也不認為這樣就能擊毀對手，只是……

如果他預測得沒錯——應該這樣就能剝掉迷彩了。

秒速高達八〇〇〇公尺的衝擊波往球狀範圍擴散，順帶引發爆轟火焰，追趕其後。

淡淡搖曳的縹緲幻影——一如辛所料，當下瞬間被撕破開來。

雖說只是為了形成金屬噴流產生的副產物，但造成的衝擊波足以輕易折斷薄層鐵板，撕碎了那東西身纏的景色。有如惡魔舌頭的黑橘雙色業火，吞沒並燒光撕破的銀色碎片。

那東西讓撕裂的銀色與火焰碎片纏繞滿身，降落在地上。被火捲起的景色片斷，一振翅的瞬間立刻取回原有的銀色，一邊起火燃燒一邊展翅飛翔。

那是約有手掌大小的成群銀色機械蝴蝶。

是讓所有電磁波與可見光漫射、紛亂、折射的「軍團」，阻電擾亂型。

只是實在想都沒想到——它們會這樣運用。

也難怪方陣戰隊會一籌莫展，全軍覆沒了。

眼睛看不見，雷達又偵測不到，而且「軍團」可以進行無聲機動動作，因此聲波感應器也不具意義。唯一只可能依靠從腳尖探測地面振動的振動感應器，然而一旦進入混戰，這項功能也毫無用武之地。

只有能聽見所有「軍團」悲嘆的辛，才能破解阻電擾亂型的光學迷彩。

初次目睹的那東西甩開火焰碎塊，看向這邊。

就像野獸一樣。辛緊繃的意識角落做如此想。

肩高將近兩公尺，四腳體型敏捷而精悍。在好似野獸頭部的感應裝置上，一對光學感應器閃爍著藍光。它完全不具備戰車砲、機槍或火箭彈發射器等投射裝備，有如野獸鬃毛的一對黑鐵色鐵條，從背部長長延伸到後方。

就連與「軍團」交戰長達七年的辛，都沒看過這種機體。

恐怕是新型機。

從形狀與剛才的機動動作判斷，應該是超越「破壞神」的高機動型。

傳進耳朵深處的悲嘆之聲，是無法聽懂的機械語言。既非「黑羊」也非「牧羊人」，是如今中樞處理系統應該大限已盡，不可能存在的純粹機械智慧型「軍團」。

辛繼續緊盯凝視自己的敵機，與蕾娜重新連上知覺同步。

「──上校。」

『……辛！你還好嗎，情況怎麼樣了！』

「正在交戰……我攔截到讓方陣戰隊潰敗的『軍團』了。」

辛感覺到蕾娜稍稍倒抽了一口氣，不等她說些什麼，搶先用急促的語氣告訴她：

「襲擊行動的真相，是利用阻電擾亂型組成的光學迷彩，能騙過光學感應器與雷達。迷彩下的『軍團』為新型機，使用類似高周波刀的裝備。從形狀與機動動作來看，屬於超越『破壞神』的高機動戰型……其他情報我一取得就隨時報告。」

不知道戰鬥何時會再次開打，辛想把目前得到的情報全部轉達給她。

這是因為……

「我會盡量將交戰資料帶回去……但是，如果我回不去了……」

如果自己在這裡……

落敗的話──再也無法回去，死在這裡的話……

可能是墜落的衝擊力道造成同步裝置故障，不知為何，知覺同步的雜訊很大。

『……如果我回不去了……』

就像仍然暴露在毫無間斷的痛苦中，辛的呼吸還是一樣粗重。

他說自己可能回不來，或許是莫可奈何。

蕾娜明白這一點，但仍然說道：

「收到了，辛。不過，後半的要求我不聽。」

蕾娜的聲調堅定不移。

『該「軍團」的資料，必須由你本人帶回來，我不接受其他人的呈報……這是命令，送葬者。不管怎樣，你必須先遵守這一點。』

一定。

你一定要回來。她是這麼說的。

一瞬間，辛睜大雙眼。

他順道嘆了口氣——明明狀況如此危急，他卻不禁淡然地笑了。

「——收到，管制一號。」

在周圍連一架敵機也沒有，俯瞰地下戰場的地面指揮所，蕾娜堅定地凝目注視主螢幕。

於雙方互咬咽喉，在地底展開單挑的戰場，兩架機甲兵器壓低了姿勢。

「——華納女神總部呼叫各位戰隊員。」

銀鈴之聲下令的同時。

巧的是展開對峙的兩架機體，也於同一瞬間踢踹地面。

†

即使蕾娜叫他「一定要回來」，戰況對辛而言仍然極為艱困。

射控系統來不及自動瞄準，驅動系統被迫長時間進行一刻不得閒的魯莽機動動作，發出哀號。

最嚴重的是被迫面臨緊急加速與緊急煞車，極度專注迫使神經系統長時間異常發熱，使得辛自己的身體如今已開始失去靈活性。

高機動型從豎井的一邊一口氣跳到另一邊，來去自如。十字線受到那種機動動作擺弄，像發瘋般在主螢幕上到處亂飛。辛索性不去理它，不藉由思考，而是以無限趨近反射動作的機動反應躲過刀刃，或是用砲擊重創對手。無法區別是以經驗為基礎的預測、經過淬煉的戰士直覺，還是

THE CAUTION DRONES

[「軍團」高威脅性戰力]

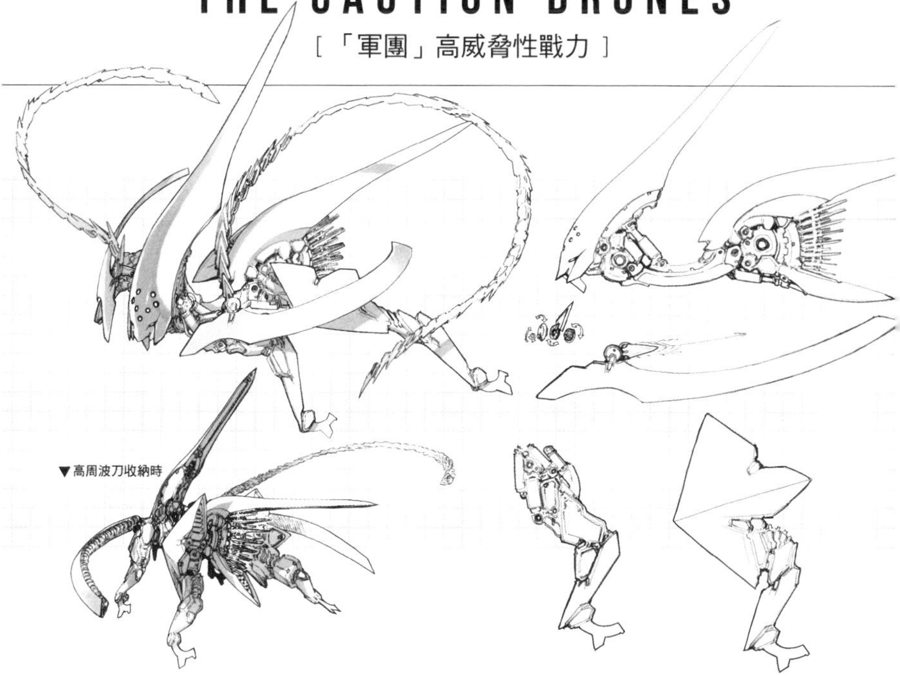

[Unkonwn]

高機動型

[ARMAMENT]

特殊可動式・高周波鎖鏈刀×2
（其他不明）

[SPEC]

[全長]約2.6m　[頭頂]約2.1m
[重量]不明（但很可能經過大幅輕量化）

[特別事項]本機體讓阻電擾亂型纏繞於身上，藉此使用類似「光學迷彩」的能力。同時本機體安靜無聲，以目前人類軍兵器的裝備幾乎不可探測。

突如其來出現在辛等人面前的漆黑機體，疑似「軍團」的新戰力。似乎從採用了人類大腦，以具有人格及明確知性的「牧羊人」做了進一步變更，辛聽見的「聲音」是不具意義的機械聲音，作為「兵器」似乎成為了更高層次的存在。身懷與野獸同等的敏捷性能與運動性能，不只凌駕同為「軍團」的近距獵兵型，甚至遠勝於在開發上重視機動力的「女武神」。機體運用光學迷彩與形狀特殊的高周波鎖鏈刀，徹底摧毀了由代號者「八六」組成的方陣小隊。

養成習慣的行動程序，那幾乎是自動採取的動作。

即使如此，還是高機動型壓倒性地更快。

高機動型背部的長鐵條揚起，這條無數齒輪連成的武器橫著一甩伸長，所有齒輪都發出尖銳叫喚，開始旋轉。

被橫掃而來的高周波鎖鏈刀擦到一下，左前腳的破甲釘槍就攔腰折斷、彈飛。辛不管那麼多，讓破甲釘槍分離，當作質量彈砸向眼前的敵機。高機動型以跳躍躲過這招，踩上從崩落的連接走廊瓦礫伸出，在空中拉直的鋼索，輕輕鬆鬆登上「破壞神」無法到達的高處。此種令人驚異的輕盈身手與運動性能，其他機種難望項背。

「破壞神」是高機動戰專用機，其中辛更是特別加強近身白刃戰的能力，能與敵人一進一退，展開令人目眩神迷的攻防。但就連他也完全跟不上這種速度領域與運動性能。

「軍團」——世界首例，而且是唯一不須人類駕馭，可進行完全自律戰鬥的真正殺戮機器。人類不擅應付衝擊與加速度，反應速度也有限度。內藏脆弱人體的有人機，無論如何速度與運動性能就是受限。

無人機沒有這些問題。

只要技術允許，它們不管是速度或運動性能都可以無限提升。以往中樞處理系統的能力似乎無法應付某種程度以上的高速戰鬥，然而看來它們連這個枷鎖都拿掉了。大概是拿大量入手的人腦研究並架構而成的，對手純粹的高度機械智能，恐怕遠超過人類的智慧。

在對付敵人的過程中，這場戰鬥不需要的一切，逐漸從辛的意識中消失。

紅色眼瞳除了眼前的敵機，什麼也沒看見。高機動型以外的悲嘆之聲，也早已聽不見了。此時此刻身體持續磨損所發出的哀號，連意識的邊緣都搆不到。

就連賦予自己的職責也一樣。

必須將情報帶回去，必須存活，必須活著回去。

這些念頭一個個消失。這場戰鬥不需要的義務感、願望、希望、思考，都一個個受到削除而消失。

至於對此感到害怕的那類情感，更是第一個消失無蹤。

他切換成手動瞄準，即刻擊發。射出的成形裝藥彈緊接著自爆，高機動型躲避四處散播的碎片，往旁大幅跳開。它在著地的同時彎曲身體，往前——跳向「送葬者」。

辛定睛注視目標，扣下第二發的扳機。

消除了最小引爆距離（Minimum range）設定的成形裝藥彈，下個瞬間於兩架機體之間的空中炸開。雖然在那個位置爆炸，碎片與衝擊波有波及「送葬者」的危險性，但正因為如此，使得高機動型沒能完全料到。

在前所未有的極近距離內炸開的砲彈碎片殺向高機動型，即使如此，高機動型仍然扭轉身體以縮小中彈範圍，閃避成功，只有背面裝甲被扯破。

……這招都躲得掉啊。

辛在心中喃喃自語，血紅雙眸隔著主螢幕映照出爆炸火焰的反光，跟眼前敵機的光學感應器一樣，都染上了機械性的色彩。

蕾娜只有聲音與辛相連，僅能感覺到那場死鬥的片段。

辛想必將全副注意力放在眼前的敵機身上了，早已沒把蕾娜的事留在心中任何一個角落。

跟雷那時候一樣。

跟辛與他那戰死後化為「軍團」的兄長廝殺時一模一樣。

那時，他沒聽見蕾娜的聲音。

誰的聲音都聽不見。

蕾娜的理性告訴她，這也是無可奈何。

「軍團」比人類強悍，為了與它們對峙，不可能維持得住人性。

所以這是無可奈何的事情。

可是……

這樣真的好嗎？

不同於「軍團」打從骨子裡就是殺戮者，人類會疲於戰鬥，會害怕、倦乏、感到疼痛。身心會發出的哀號，會拒絕繼續戰鬥。

人並非為了戰鬥而生。

人類從本質上而論，並不適合戰鬥。

本來應該是這樣的，但辛——八六們有時連該有的恐懼與痛楚都能遺忘，變成為了戰鬥而生的某種存在。

這讓蕾娜既寂寞又害怕。

簡直就像他們變得跟對峙的「軍團」……跟那群機械亡靈一樣。

就像失去了人該有的樣貌。

就像總有一天，他們會再也回不來。

這件事——讓她感到害怕。

「……請一定要回來。」

不知不覺間，嘴唇間冒出了祈禱。

他沒聽見。

現在的辛，根本沒意識到她的存在。

即使如此……

「請一定要……回來這裡。」

右邊的高周波刀被躲不掉的斬擊砍中，承受不住屢次施加的負荷，連根折斷飛脫。

「嘖……！」

這下兩把刀都沒了，加上兩隻前腳的裝甲脫落，鋼索鉤爪失去回應。

對於高舉過頭的另一條鏈刃，辛已經無從防禦。

即使如此，他仍然硬是驅使滿是警告訊息的驅動系統，抽身跳開。

「送葬者」的右前腳踏入了斬擊線，些許試著躲避的動作徒勞無功，前腳噴濺著血花一般的火星，遭到斬裂。

模仿節肢的腳部被從中切斷，飛得老遠。

失去平衡的「送葬者」遭到震飛，難看地摔落在地，停在頹然倒地的姿勢。鮮血染紅了半邊的視野中，映照出乘勝追擊的高機動型鋼鐵色的身影。

這時，辛聽見某人搖響銀鈴般的嗓音。

請一定要回來。

回來這裡。

——蕾娜。

「……！」

隔了一拍，辛才察覺到這個事實，倒抽一口氣。

她的存在……她囑咐給自己的這項命令……

剛才，自己竟忘得一乾二淨——……？

辛受到一陣衝擊，身體卻正好相反，幾乎是自動採取行動，將八八毫米砲朝向迫近而來的高機動型。幾乎與扣下扳機在同一時間，高機動型放棄追擊，以跳躍的方式退出彈道。它避開爆炸的衝擊波與碎片，逃向半空中。

其間辛拖著被砍斷的腳，讓「送葬者」後退。他撤退到樓中樓底下的瓦礫中，那裡不會受到來自空中的攻擊。辛有如無力的蟲豸，躲藏在樓中樓與貫穿它的螺旋梯之間的狹縫。

辛勉強將對自己懷抱的疑慮推到一邊，把注意力放回敵機身上。現在不是想那些的時候。

因為蕾娜叫他一定要回去。

然而目前的狀況就是只剩半條命，裝備除了主砲以外幾乎全毀，且喪失機動能力。「送葬者」渾身是傷，主砲只剩下三發餘彈。

……看來。

只能賭一把了。

蕾娜的戰鬥，也還在持續進行。

「上校！地圖資料的清查結果出來了，您要確認嗎！」

蕾娜差點說「晚點」，但還是把話吞了回去。方陣戰隊恐怕就是因為地圖不完備才會遇襲，她不能在這裡重蹈覆轍。

「請傳到三號子螢幕。唔——！」

只消一眼就能看出的嚴重誤差，在地圖中心以紅色浮現。

哪裡不好出錯，偏偏出在串聯第三、第四層的主軸正下方。就在辛與高機動型交戰的地板下方，有個地圖未記載的空間。

貫穿夏綠特中央車站地下空間的七座豎井，是用來將陽光送到最底層的設備。豎井的配置位置互相錯開，整體來說則是描繪著和緩的螺旋線條，每座豎井上下都斜著設置了鏡面板。原理是利用相鄰豎井之間相對設置的鏡子讓陽光反射，重複這樣的效果，將光線一路送到地下七樓。

這個空間就是鏡面板的設置空間。說是鏡子，當然也不至於就是一面大鏡子，但是主軸直徑有二十公尺，鏡面板要蓋住這整個地板面積，而且還是斜放。用來設置這種面板的空間，不只直徑，高度當然也會取得夠大。大到只要勉強一點，連重戰車型都能入侵的程度。

當然，與設計時必然設想到的維修人員身高相近的自走地雷，要進去更是不費吹灰之力。

「……！」

再派一些戰力到這裡？不，就跟一開始與萊登談過的那樣，每個戰隊都已經沒有餘力分割戰力了。況且面板空間的入口周遭，早已落入了「軍團」的手掌心。現在已經沒有時間加以突破、壓制——……

就要開始狂奔的思考，這時，倏然平靜下來。

如果是這樣，豎井為什麼還沒被炸垮？

目前突擊部隊的所有戰力都集中在豎井周遭，只要現在讓豎井倒塌，在裡面戰鬥的辛不用說，周遭的所有部隊也會全遭砂土活埋。明明是這樣，敵軍為什麼不這麼做？

歸根結柢，戰鬥為什麼還在進行？

地下第五層與地下第四層的發電機型與自動工廠型，早已埋在砂土之中。

蜂湧而出的，盡是用完即丟的自走地雷與舊型輕量級、經過修理的重量級，以及重新改造過的量產型「牧羊人」們，恐怕幾乎都已撤退到作戰區域外了。

「軍團」不像人類，無論友機有幾架遭到破壞，都不會急著想報仇。只會在損害超出一定範圍時，結束戰鬥撤退而已。

明明保持機密與殿後的目的已經達成，現在只是徒增損耗數量而已，「軍團」卻繼續攻打豎井周邊區域，原因是——

不用長時間思考，蕾娜已經想到了答案。

一定是辛。

「軍團」會獵捕人頭。為了當中樞處理系統壽命到來時還能繼續運作，為了作為兵器發揮更高的性能，它們會積極狩獵並收集剛死之人或是活人的大腦。

如今它們弄到了充足的小兵材料，如果還要得到其他東西，那就是能夠單騎改變戰局的精銳首級，不會有別的了。

蕾娜不知道是否連能夠感應到「軍團」動靜的異能都被敵軍知道了。不過光是辛傑出的戰鬥能力，想必就足以成為目標。不知道是不是巧合，「軍團」造出的新型機正是高機動型。同樣特別擅長近距離高機動戰鬥的辛，必定會是最好的材料。

假如這項推測正確的話……

「——歐利亞少尉、依達少尉。請暫時放棄第七路線地點四七，與第四層地點二三。」

『啥！』

『為什麼要放棄啊，妳不是說被敵人自爆會很慘，才叫我們防禦陣地的嗎，女王陛下！』

「不，我想自走地雷不會在那個地點自爆，所以請兩位動作快。」

就算猜錯了，光是那些地點失守，還不至於造成建築物坍塌。

兩人不情願地應答後，過了幾十秒，這次變成驚訝萬分地傳來報告。他們說進入該地點的自走地雷，竟然沒有採取集團自爆行動，甚至也不占領該地點，都直接衝著「破壞神」而來。

果然是這樣。

「『軍團』殘存兵力的目的不是炸燬主軸，而是入侵其內部，殲滅各個部隊只是前置作業。我們要反將它們一軍，只堅守主軸入侵口的周遭區域，以其餘所有戰力展開反攻。」

蕾娜稍微瞄了芙蕾德利嘉一眼，看到她輕輕點頭。如今辛正專注於與高機動型的戰鬥，即使對象有限，他們只能靠她的異能搜索敵蹤。

「軍團」會獵捕人頭。

但只限它們有那個餘力的時候。它們一判斷陷入劣勢，會毫不猶疑地服從於受到灌輸的本能

——變更戰鬥行動為殲滅所有敵機。

所以，要趁那之前動手。

「趁敵軍還沒對我方變更的作戰做出對應之前——殲滅『軍團』殘存兵力！」

†

高機動型追著躲進樓梯背後的敵機，降落到主軸地板上的同時，砲擊閃光映入它的光學感應器。

這是抓準了著地瞬間出手，可謂會心的砲擊。對方為求確實致命，射出三連發成形裝藥彈，各自錯開時間接連爆炸。超越高機動型機動速度的金屬噴流化為三支火箭，於幽冥空間中疾走。

只是……

在這場戰鬥中，已經是用過不知多少次這種攻擊模式了。

其次數與時間，足以供作為新型「軍團」擁有高度智能的高機動型學習，並加以預測。

高機動型於著地的同時橫向墊步，只憑這個動作就脫離了彈道。設定為定時引信的敵方砲彈，就在下一刻於眼前炸開。高速的金屬噴流只空虛地擦過高機動型近旁的空間，砲彈破片也只稍稍割破裝甲而已。

諷刺的是，發生的火焰與黑煙，竟然從敵機眼前隱藏了高機動型的蹤影。

它就是為了這個目的，才會只做最小限度的閃避。假如大幅往後跳躍，拉開一大段距離，敵機也會發現到高機動型還好端端的。然而如果只稍微閃避，躲在砲轟的火焰裡，敵機無從得知它完好無缺。

黑煙在地底的戰場到處擴散，一時凝滯不散。勉強還能運轉的空調設備送風捲走黑煙，在各處一邊形成漩渦，一邊吹散它們。

在視野完全開闊之前，高機動型就撕裂黑灰紗幕衝刺出去。

就敵機來說——對於其中的操縱者來說，看起來恐怕就像高機動型突然一躍來到眼前。區區人類的反應速度，不可能應付得了。

紅色光學感應器微微轉過來。

就只是這樣。

去除光澤的鋼鐵色銳利刀刃，卡進了磨亮骨骼般純白的機體。

†

受到指示反擊的「破壞神」恰如解開鐵鏈的獵犬，精確而凶猛地把聚集成群的「軍團」集團一一咬死。

「——克羅少尉，請讓雷霆戰隊第二、第三小隊前進，殲滅目標地點兵力。」

『收到，米利傑上校。』

『——我是萊登，壓制完畢！再來是哪裡，蕾娜？』

『我這邊大概再十秒，已經看到下個敵機集團了，不用給我指示！』

「收到……修迦中尉，請繞過地點一三，從背後攻擊下個敵機集團……」

就在這時，知覺同步杳然斷絕。

不是同步中的任何一個戰隊。就只有一個人跳出了對象之外。

「辛……？」

†

破壞的部位是在機體下半部的，對高機動型感應器來說能感應到的高溫熱源的能源匣。

它讓鎖鏈刀停止運轉，一抽出來，機體匡啷一聲重重癱倒。「女武神」就連感應器的對焦點都已經不再移動，但高機動型絕不輕敵，謹慎地走向它。

移動物件反應——無。動力反應無。傳動系統溫度降低，到達無法即時再次啟動的溫度等級，仍在下降中。

『——確認呼號「火眼」已無作戰能力。』

不具人格的高機動型，即使擊毀了敵機也不會高唱凱歌。只是平淡地用無聲的電子語音，向廣域網路報告已經擊毀高價值敵性個體。

『收到。可以擄獲火眼嗎？』

『推測可以。』

高機動型避開機師座艙，破壞了傳動系統。人體雖然脆弱，但目前應該尚未失去生命跡象。

這點力道的控制，對高機動型而言不是難事。

『開始回收。』

它將光學感應器朝向推測為開閉桿的突起部分，用停止運轉的鎖鏈刀前端鉤住……打不開，

看來鎖定機構還在發揮功能。它於是啟動鎖鏈刀，斬斷鎖定部位，直接粗魯地將罩子掀開。

†

視野下方，「送葬者」的座艙罩被斬斷，身首異處。

——中計了。

高機動型探頭看進駕駛艙時，辛用突擊步槍的瞄具對準其背部上面裝甲，在瓦礫中撐起身體。

除了特別加強掃描性能的斥候型例外，「軍團」的感應器能力都很低。

辛將可能性賭在這個原則上，隱身於榴彈自爆的火焰與黑煙中，逃出駕駛艙，躲在樓中樓的瓦礫裡。就他的觀察，高機動型沒有像是複合式感應裝置的部位，賭贏的機率不小。

配給機甲搭乘人員的七．六二毫米步槍的用途，無非是用來在失去機體時自衛，沒有加裝什麼雷射瞄準器。照準裝置十分原始，就只是用槍口的準星與機匣上的照門，在兩點的延長線上捕捉敵機。

然而，正因為如此……

探測射控系統的瞄準雷射，並藉此發出警報的「軍團」反瞄準系統，無法感測到不會發射雷射的突擊步槍。

選發鈕位置為全自動，第一發子彈早已上膛。

扣下扳機。

發射速度每分鐘七〇〇發的七．六二毫米穿甲彈的豪雨，殺向高機動型。

七．六二毫米步槍子彈雖為威力強大到可轟飛人類手腳的槍彈，但對裝甲目標不太有效。就連比較上來說屬於輕裝甲的斥候型，從正面射擊都會被彈開。

只不過，兵器裝甲不是所有部位的厚度都一樣。預設正面遇敵的機甲兵器，正面以外的裝甲比較薄。例如底面，例如——背部上面。

更別說特別加強高機動戰鬥能力，輕巧到連一條鋼索都能當成立足點，提防成形裝藥彈破片到了過剩地步的高機動型，想必沒加裝多厚重的裝甲。

而最重要的是背部——成形裝藥彈破片割裂的裝甲隙縫。

以超過音速一倍以上的高速為傲的步槍子彈，連連卡進高機動型的背部。

一如辛的目的，子彈刺進裝甲的裂痕。刺進去，然後穿透。裂開的裝甲有如某種蜥蜴的鬃毛狀鱗片（頭冠）逆天豎立，擴大的隙縫又有更多鎢合金穿甲彈入侵，割開內部框架、驅動系統與控制系統亂蹦亂跳。

無聲的慘叫，感覺似乎震盪了空氣。

內裝三〇發的彈匣三秒內就射光，辛在膛室內裝填最後一發子彈時釋放彈匣，將備用彈匣捶進去，繼續開槍。這就是戰術換彈，連第一發子彈上膛的些許時間都不給敵人的連續射擊技巧。

全尺寸步槍子彈全自動射擊的強烈後座力撞進肩膀，辛用渾身力氣壓住跳起的槍身，仍然不斷地射擊。

就在漫長有如永遠的六秒之後……

高機動型——震動著破爛不堪的背面裝甲與四肢，搖搖晃晃地轉向了這邊。

†

『檢測到槍擊。』

『訂正發送情報。確定呼號「火眼」仍然存活。』

†

「狼人」的破甲釘槍，踩爛最後一架斥候型。

「獨眼巨人」的霰彈砲，轟飛成群聚集的自走地雷。

「——淨空！」

豎井周遭的敵機已經殲滅，再來只需前去主軸裡——支援仍在進行的最後一場戰鬥。

在那陣踩踏的衝擊力道下。

那陣霰彈砲的衝擊波下。

誰也沒聽見狹窄黑暗中，卡鏘一聲響起的細微聲響。

高機動型轉向這邊，有如撲向獵物的豹子般彎曲身體。

辛拋棄射得精光的彈匣，把第二個備用彈匣捶進彈匣入口。

雙方的攻擊預備動作都不到一秒。

在這體感時間延長的剎那，辛領悟到了。

對方比較快。頂多只能打成同歸於盡。

辛明知如此，仍將手指扣在扳機上，就在這時……

卡鏘一聲，他聽見了本來不可能聽見的細微聲響。

倒臥在大廳角落的「凱耶」的殘骸——揹在其背部的六管火箭彈發射器，忽然猛地放出閃光，爆炸開來。

兩相對峙的一人一機不可能知道，那是因為豎井周遭戰鬥引起的連續震動，讓發射器的撞針落下了。於戰鬥中活性化後擱置的引信被撞針撞擊，就此啟動。

在被踩爛而變形的砲身中，火箭彈爆開。飛散的高溫破片，引爆了周遭的砲彈與機體本身。

搶在強烈衝擊波之前，閃光於豎井底層擴散。凌駕於成形裝藥彈之上的強烈光芒，在貼滿平面的鏡面磁磚上漫射、散射。

地下底層的昏暗豎井，受到蒼藍光焰所包覆。

對於以光學訊息為基礎認識外界的存在而言，太強的光等於黑暗。

掩蓋光學感應器的光量，導致高機動型追丟了辛。

作為具有眼球與眼皮的生物的反射動作，讓辛一時不禁閉起眼睛，但高機動型看不到他。

雙方都追丟了敵對者的身影，但雙方之間有著決定性的差別。

高機動型只有這一天。

辛則有著足足七年。

沒錯。

就是活在戰場上，死戰求活的時間。

長年累積至今的戰鬥經驗，形成了壓倒性的差距。

高機動型落入出乎預料的狀況，剎那間做不出判斷，呆站原地。

辛閉著眼睛，扣下突擊步槍的扳機。

他那能聽見亡靈之聲的異能，閉著眼睛也能精確傳達眼前敵機的位置。

使用了七年之久的突擊步槍，從這距離就算閉著眼睛也不會射偏。

不知為何，一瞬間——辛覺得那個黑髮馬尾的極東黑種少女，彷彿露出了微笑。

全自動射擊帶來後座力，緊咬不放的槍聲在豎井牆面上反彈。

在眼瞼底下黑暗的後方，某種東西發出以「軍團」來說較輕，但與生物截然不同的聲響，這次終於倒地了。

†

『累積損傷，超過規定值。』

『放棄外裝組件，開始變換「強制中斷」「實行特別事項Ω」形態。』

†

辛急忙閉上眼睛，但受到閃光灼燒的視網膜不會立刻恢復功能。

視野還有點泛白眩目，辛瞇起被強光照得發痛的一隻眼睛，拔出槍套裡的手槍。

高機動型頹然倒地，任由火焰色彩在裝甲內部悶燒，然而聽不懂的機械悲嘆並未停止。它應該已經不能動了，但也還沒徹底毀壞。

對付「軍團」時，沒有比因為對手負傷而輕敵更可怕的事。辛左手拎著在連射高溫下冒出熱氣，子彈也已經射盡的步槍，在只差一點還不會踏入刀刃攻擊範圍的位置駐足。他謹慎地用不夠精確的手槍瞄具對準高機動型。

這時，高機動型背上的彈痕，滲出了銀色光芒。

光芒的真面目是流體奈米機械。同時等於「軍團」血液與神經系統的銀色流體，像傷口流血般溢出。

下個瞬間，銀色流體簡直有如間歇泉般，猛烈地噴向高空。

辛緊急拉開距離，準備應對狀況。流體在他面前彷彿抵抗重力那樣，從鋼鐵殘骸伸向空中。就像秒速播放的嫩芽萌生，又像蝴蝶羽化，那東西揚起低俯的頭，身體後仰般仰望天頂。

沒錯，是頭。

長髮如清流般在幽暗空間裡飄動，經過秀氣的額頭、纖細的眼角與細緻的鼻梁，連向薄唇與尖尖的下顎。從喉嚨到胸口表露出女性的線條。這一切全都維持著金屬光澤的銀色，甚至可以說是唐突地，從向上伸展的流體奈米機械頂端生出。

它睜開了眼瞼。銀色眼瞳的焦點朝向毫不相關的方向，只有線條柔美的面龐轉過來。看到它那未聚焦的異質眼神，就連辛也不禁毛骨悚然。

不具有眼球的「軍團」，應該沒有眼睛聚焦的概念。

形似人類，但不是人類。辛深切體會到，比起隨便一個機械怪物，這副模樣更是顯得陰森且詭譎。

那對嘴唇動了動。

來　找　我　吧

來找我吧。

它想必沒有類似聲帶的構造，未發出聲音，只以唇語如此告訴辛。

用的是無法聚焦，非人之物的眼睛。不論虹膜或白眼珠全為銀色，但呈現人類眼睛的形狀。

這段對峙對辛而言極其漫長，但實際上大概不過幾秒。忽然間，女子的臉孔融化崩毀，下個瞬間，所有流體奈米機械無聲地碎開四散。

宛如鳳仙花的種子飛散那般，無數銀色粒子飛起。它們在空中滯留了一會兒，然後再次變形。出現的是每一隻大小都能收入掌心，銀色的成群小蝴蝶。

薄紙般的兩對翅膀，以及以蝴蝶來說太長的觸角，這些極為脆弱的構造搏動起來。銀色翅膀抓住了風，一整團沉甸甸地飛上高空。

它們就像銀河的螺旋臂，在主軸的開口處附近旋轉成漩渦，然後嘩的一聲分解飛去。

「什……」

被它們跑了。

一直要等到辛的異能捕捉到高機動型的悲嘆之聲在遠處重現，然後直接走遠，混入其他「軍團」們的群體，他才理解到這點。

丟下遭到破壞的機體，分解中樞處理系統逃走後再重新組合……？

有這種事？才感到困惑，辛無意間想起一件事情。

「軍團」的本體講得極端點，就是以流體奈米機械構成的中樞處理系統。

由於是流體，因此能變成任何形狀。

例如變成與它們本來的中樞處理系統大有差異的人類腦組織。

變成化為重戰車型的哥哥所具有的，無數伸向自己的人手形狀。

所謂的系統——所謂的程式，原本就是無數模組的集合體，要分解並非不可能。

即使如此，以人類來說的話，那就像是把大腦拿出來切碎，然後重新縫合一樣，完全不是正常人會有的想法。

如果是人類的話——……

對戰鬥用機械智慧而言，這種瘋狂行徑恐怕也不算什麼。

辛感覺似乎能稍微理解蕾娜的擔憂了。

「軍團」會學習並重複進行自我改良。為了提升戰鬥能力，為了提升戰鬥效率。

「牧羊人」雖與人類擁有同等智慧，但有時也會像哥哥或齊利亞那樣，受到尚為人類時的記憶影響，而採取不合理的行動。

不過記憶遭到削除的量產型「牧羊人」沒有這種問題。

而高機動型很可能以人腦作為參考，卻是不用依靠人類腦組織的知性體，連需要削除的記憶都沒有。

如果一個個拿掉的結果，一個個削掉的結果……就是那個性質完全異於人類，只為了戰鬥而經過效率化的高機動型的話。

如果在戰鬥的過程中，就連他人託付給自己的心願都會忘記，到了最後就會變成與「軍團」無異的戰鬥機器的話——

芙蕾德利嘉以前曾經說過，人是由土地與血脈構築而成的存在。直到現在，辛都還不認為有必要去深思這句話。辛並不想取回在戰火中失去的一切。

即使如此，至少在那當中此刻再次出現於眼前，朝自己伸手的人事物……至少這段緣分……他模糊地想，或許可以稍加重視一點。

辛正想向蕾娜報告戰鬥結束時，發現同步裝置不知什麼時候脫落，從身上滑掉了。他回到頹然倒地的「送葬者」，撿起掉在駕駛艙內的裝置，重新連上。

『——辛！你沒事吧？』

「還可以。」

『太好了……！』

蕾娜嘆了口氣，像是由衷感到安心。

芙蕾德利嘉在另一頭嘰哩呱啦的，但辛現在有點沒精神聽她那尖銳的嗓音。同步仍然帶著刺耳的雜訊，讓他皺起一張臉說道：

「蕾娜，我有件事想麻煩妳。」

『什麼事？』

身體不適可能表現在聲音中了，銀鈴嗓音霎時刷上一層緊張的色彩，讓辛一面覺得自己很窩囊，一面告訴她：

「可以請妳派人來接我嗎？……我沒有受傷，但動不了了。」

「軍團」應該也已經撤退完畢。「牧羊人」群的聲音遠去，這樣應該會多少輕鬆一點，然而可能因為放下了心中的一塊大石，身體狀況反而比剛才更糟。白色雜訊蠶食著視野，隨著雜訊比例越來越高，辛漸漸變得連站都站不住了，只能背靠著「送葬者」的裝甲坐到地上。

蕾娜像是鬆了口氣般笑了。

『喔，這個嘛，很快就到了。』

她的話幾乎還沒講完，就聽見那耳熟的，匡噹匡噹地吵死人的腳步聲就逐漸靠近過來。

來自兩個地方。

不久，從像是同一棟出入口的矩形開口，以及高聳位置的豎井洞口，出現了戰塵滿身的「破壞神」。

幾乎於同一時間，座艙罩猛地掀開，兩個熟人各自露出臉來。

「嗨，難得看你被打得這麼慘啊。」

萊登在豎井上方，明明自己才是丟了兩把機槍的慘兮兮模樣，卻還在說這種話。

「所以說，你想要人來接你是吧，死神弟弟？那你是要跟狼人（萊登）還是獨眼公主（我）一起回去啊？」

西汀探出上身，在裝甲邊緣托著腮幫子，露出尖尖的牙齒笑著。

辛在昏昏沉沉的腦海一隅不禁想著，這兩個都不太想要啊。

—不存在的戰區—

What is the biggest enemy.
For them to live.

終章　戰傷

在以電子文件為主流的聯邦，卻只為了整人而特地準備紙本報告書，是葛蕾蒂之所以超討厭這個斬人螳螂的原因之一。

「——將該『軍團』認定為新型。以後就稱之為『高機動型』。」

在橫跨寬闊辦公桌的紙堆山脈後面，參謀長露出罕見的憂鬱神情。

「此外，量產型的智能化『軍團』則稱為『牧羊犬』……光學迷彩外加不死之身的新型，然後是小兵的智能化。又得重新修正基本戰略了，真是可恨。」

「不只這些，還有『軍團』的人類牧場，以及滿滿一倉庫的白骨屍體。我們家的精神醫療分隊已經開始忙嘍。」

葛蕾蒂瞅來的一眼，讓參謀長舉雙手投降。

「是我不好，別這樣瞪我。我要是知道，也不會交給他們做了。」

與聯邦軍人相比，八六的少年兵們雖是精銳，但相反地，在精神上有著脆弱的一面。早先收留的五名少年少女就是個明顯的例子。

孩提時期無條件得到關愛的記憶，會形成一個人內心的根基。

八六們不滿十歲就失去家庭，尊嚴遭到剝奪，在成長過程中不斷遭受否定，造成他們的內心根基有著大幅缺陷。

他們在必須堅強才能存活的戰場存活下來，看起來像是經過淬煉的劍一般強韌，同時卻又像淬鍊過頭的刀刃，極度脆弱。

葛蕾蒂繼續低頭瞪著對方，這讓參謀長轉動椅子調開視線。

「知道了，知道了。我會安排慰勞旅行，像是溫泉什麼的。要不要就當個視察一起來啊？」

「幹嘛面不改色地提出約會邀請啊，你是不是腦袋有病？」

參謀長無言地聳肩，能幹的副官把大量觀光導覽手冊堆在堆積如山的文件上，就走了出去。

參謀長側眼目送，說道：

「……葛蕾蒂，很久之前我就有個疑問。」

他語氣一下子變得相當真摯，抬頭看著葛蕾蒂，漆黑瞳眸散發伶俐的眼光。

「歸根結柢，妳認為那些傢伙是從什麼地方……想到可以吸收人類的腦部組織？」

葛蕾蒂眉頭一皺：

「什麼意思？」

「我的意思是，只被賦予破壞功能的機械，是在什麼樣的過程下做出判斷，覺得可以把本該破壞的物體吸收到自己體內？」

經他這麼一說，的確不尋常。

人類用大腦思考。人類的腦神經系統，在哺乳類當中最為發達。

這兩項知識都是中等教育就會傳授的常識，但反過來說，這就表示不教沒人會懂，並不是什麼不言自明的知識。

據說古時候，人類還曾經以為頭蓋骨裡的柔嫩器官，只是用來製造鼻水的無用內臟。

就連人類本身都只有這點程度了，何況是從成分到結構都完全不同的殺戮機器，又是怎麼想到的呢？

「再加上還有諾贊上尉表示看到的『訊息』，讓我覺得很在意，所以就稍微調查了一下——『軍團』開發主任，瑟琳·比爾肯鮑姆。她改良了聯合王國開發，在公開網路上分享所有資訊的人工智慧模型——通稱『瑪麗安娜模型』，是幾乎獨力完成『軍團』控制系統的天才科學家。」

「然而她沒能親眼看到投注心血做出的『軍團』投入實戰，就在第一批斥候型首次發表後，隨即病逝……這又怎麼了嗎？」

「她的屍體不翼而飛了。」

葛蕾蒂的臉色一下子僵硬起來。

「……你說什麼？」

「死亡診斷書還有下葬紀錄也是。雖然也可能是在政變後的混亂中散失了，但就連親生母親都沒看到女兒的遺體，也未免太不對勁了吧。」

「…………」

「另一方面，聯合王國提出了與該國對峙的指揮官型的相關報告。識別名稱『無情女王』。一般來說，指揮官型都是重戰車型，不過聽說這一個是斥候型，而且是不可能保存到現在的戰爭初期生產批號。」

對「軍團」而言，未受損的腦組織是珍貴的擄獲品，至少到目前為止是如此。或許正因為這樣，從觀測到的例子來看，在戰鬥型「軍團」當中最為堅固耐打的重戰車型，經常被選為「牧羊人」的容器。

當然也有電磁加速砲型或發電機型那種例外，但從未有過脆弱的斥候型擔任指揮官的例子。

「軍團」當中最早問世的，初期批號的斥候型。

那是在她迎接死亡之前，唯一生產的機型。

「妳認為她——究竟到哪裡去了呢？」

†

「……關於潘洛斯少校的事……」

機動群各部門負責人齊聚一堂進行的會議結束後，當會議室內只剩下蕾娜、阿涅塔與辛時，辛突然開口了。

「後來我試著回想一下，今天早上沒來由地想起了一點點。」

「咦！好棒喔，你努力回想了啊。」

蕾娜把正要拿起來的平板電腦暫時放下，拍了一下手。而阿涅塔露出的表情，就像是下一刻要宣判刑罰，又像即將執行死刑，雖然已做好覺悟，但仍無法除去一抹恐懼的罪人。

辛不知怎地好像覺得很尷尬，很難形容他那種表情。

「我記得妳是個已經不能用活潑來形容，有點像怪獸的小孩。」

……什麼？

「一撿起棍子就到處亂揮，看到水窪就衝進去，還拿泥巴丟我。不過妳唯一不擅長的就是當鬼抓人，當鬼的時候一整天都找不到我，最後就哇哇大哭。」

「……辛？」

「本人宣稱興趣是做點心，實際上也常常做來送給我，但幾乎都不是人吃的東西。我現在會怕吃甜食，如今回想起來，差不多有一半是那時候害的。」

「啊，這點跟現在沒變呢。」

不過現在偶爾還滿好吃的，所以不能說沒有進步。

啊，不對。重點不在這裡。

「不是砂糖放太多，或是錯把鹽當成了糖那麼簡單，明明只是讓巧克力融化然後凝固，顏色卻可以變成紫色，真要說的話，聽說妳讓伯父試吃，結果他昏倒了，把這種東西拿來給我，是想要我怎樣呢？……喔喔，對了。」

辛用著以平常沉默寡言的性情而言，無從想像的鬆散口吻說著，並看向阿涅塔。

「其實伯母跟來之後，會偷偷把妳做的點心收回去，換成伯母自己做的點心。這妳不知道吧，潘洛斯少校？伯母做的點心沒問題，很好吃就是了。」

「我哪會知道啊！是說你給我等一下，你這是什麼意思啊！」

阿涅塔終於忍無可忍地站起來，還弄掉了她帶進來的電子文件投影用裝置。

「我不回嘴，你就當我是啞巴了！我玩打架遊戲或是玩泥巴你都有份，而且捉迷藏的時候是你太誇張了，躲到附近樹林最高的樹頂上面，才會找不到好不好！你那次實在太過分了，後來還被你哥哥罵到哭，別以為我不知道！」

隔了一段空白時間後，辛的目光顯得有點游移。

「…………我不記得有這種事。」

「少騙人了，那何必還停頓這麼久！」

阿涅塔尖聲喊到聲音都在會議室裡迴盪，氣喘吁吁地，肩膀還跟著上下起伏。

她的表情突然像感情潰堤般，扭曲成了一團。

「什麼嘛，你難道是故意的嗎？比起這些小事，應該有更重要的事情該想起來吧……！」

阿涅塔希望辛想起來的，並且希望能道歉的，不是這些很搞笑但無關緊要，根本不值一提的回憶。

「妳這樣講，我也沒辦法……要說吵架的話，我們本來就像這樣成天吵不停，不是嗎？」

「辛你這個笨蛋！」

阿涅塔氣沖沖地一吼，就踏著激動的腳步聲跑出了會議室。

「呃……」蕾娜輪流看向她的背影與辛，辛一隻手指向出入口。

「拜託妳了。」

「好的，我這就過去！」

所幸阿涅塔並沒有跑太遠。

她背靠著交叉走廊的轉角牆壁，露出小孩子似的嘔氣表情。

「……算了，反正我看他是真的不記得我們最後吵架的事。」

蕾娜一靠近過去，阿涅塔看都沒看她，直接用鬧彆扭的語氣不滿地說。

「我沒能幫助辛，這件事一直讓我很難受。可是，至少那對現在的辛而言，並不是什麼大不了的事。反而是剛才那些無關緊要的事，他還勉強有點印象。既然這樣，事到如今……我也不用拜託他想起來了。」

雖然她永遠不能道歉。

雖然再也無法回到原本的關係。

「其實原本就只是不諳世事的小孩子一相情願的想法而已。只不過是生活的世界太小，才會形成兒時玩伴這種關係，而我竟然以為這種關係會永遠持續下去。如果逼他想起來，搞不好還會讓他想起更糟糕的事情，所以就這樣吧。」

阿涅塔很快瞅了一眼蕾娜。

「例如很小的時候，講過長大之後要結婚之類的事。」

「咦！」

蕾娜不由得怪叫一聲。

阿涅塔回看著她，忽然咧嘴竊笑起來。

蕾娜好久沒看到她這種無憂無慮的表情了。

「說說而已啦，雖然是真有其事……辛那個人啊，從以前就對這方面很遲鈍。而且我還聽說有個女生一直跟他待在同一個部隊，妳再不強勢出擊，可是會輸喔。」

「阿、阿涅塔……！」

雖說無人經過，但這裡可是軍事基地的走廊。蕾娜慌張失措地東張西望，讓阿涅塔露出大大的笑容。

「妳加油吧。」

這句話……

蕾娜沒有那麼愚蠢，聽不出這是阿涅塔用自己的方式，告別她的眷戀和童稚的初戀。

「……謝謝妳，阿涅塔。」

「不會啦。好了，去工作去工作！作戰指揮官大人丟下部下摸魚，會變成壞榜樣喔。」

我沒事，現在先讓我一個人靜靜。聽出這樣的言外之意，蕾娜也沒有那麼愚蠢，還看不出她將臉別開的理由。

「謝謝妳……對不起喔。」

蕾娜本來以為辛說不定回去了，結果他還一個人留在會議室裡。

辛開啟資訊裝置，一面用會議室裝設的全像螢幕播放新聞節目，一面製作某種文件。

他看都沒看蕾娜，就直接開口：

「如果沒有人預約的話，我可以繼續在這裡做事嗎？我想把累積的報告寫一寫，但辦公室太吵了。」

「嗯……」

處理終端雖然分配到共用的辦公室，但八六們以前被當成無人機，又幾乎沒有處理過文書工作，也沒上過幾天學校──沒有乖乖坐在書桌前面的習慣。何況他們才十五到十九歲，全都活力充沛又無處發洩，正是頑皮的年紀。

其實還滿……更正，是吵翻天了。

可以想像辦公室氣氛一定很歡樂，但完全不適合集中精神解決文書工作。

「你現在會好好寫報告了嗎？」

「？」

「在第八十六區，戰鬥報告也就算了，你的巡邏報告總是寫得一塌糊塗。」

不過那是因為在蕾娜之前的管制官都不看報告書，辛又用不著巡邏，所以內容亂扯一通也是情有可原。

被她這麼一說，辛似乎想起來了，淡淡苦笑。

「現在不敢了，別看維契爾上校那樣，管得倒還挺嚴的。」

「是這樣嗎？早知道這樣，我那時候就該要求得更嚴格了。」

「……饒了我吧。」

辛的口氣好像真的敬謝不敏，逗得蕾娜輕聲笑起來。

笑夠了之後，她試著問了一件在意的事。

說不定，辛其實……

「你是不是顧慮了阿涅塔的心情？」

為了讓阿涅塔免受罪惡感所困。

辛會不會是其實全都想起來了，卻故意像那樣講些無關緊要的小事……

「不。」

然而得到的回答，是這個否認的字眼。

「事實上，我完全想不起來。就如同我說過的，我們那時成天吵架，可能是因為這樣，所以沒留下印象。」

與阿涅塔懷抱的有如傷痛的罪惡感正好相反。

「而且還是一樣，我無法清楚回想起她長什麼樣子……作戰結束後，我有一段時間沒精神想這些，或許也是原因之一就是了。」

聽到這句話，蕾娜擔心地微微偏頭。

「……你不再多休息一陣子沒關係嗎？那件事結束後，你因為身體不適躺了幾天，對吧。」

是明顯暴增的量產型「牧羊人」——「牧羊犬」造成的影響。

雖然沒有發燒等明確症狀，但作戰後有好幾天辛都起不了床，幾乎都在睡覺。雖然醫療中隊的軍醫也看過了，目前診斷結果是可以歸隊執行任務……

「很快就會習慣了。剛開始變得能聽見『軍團』聲音的時候也是這樣。」

「…………」

蕾娜明白了一件事。

辛說沒事的時候，尤其是關於他自己的身體狀況時，通常都不太值得採信。

他甚至連自己是在硬撐都沒有自覺……就這麼損耗自己的身體。

這時，全像螢幕的新聞節目話聲打破了沉默。

『接著向各位觀眾報導聖瑪格諾利亞共和國北部行政區收復作戰的戰況。』

辛稍微瞄了螢幕一眼，伸手去碰嵌在桌角的感應器。看起來像是要轉台或關掉，不過蕾娜阻止了他。

因為洗衣精很遺憾地，直到離開屯駐地的時候都是那副德性。即使媒體要批評這點——也是無可奈何。

新聞節目平淡地依序解說戰局。目前的前線、收復的地區、戰死者人數與敵機擊毀數。雖然隱瞞了在夏綠特市地下發現的人體樣本等幾件事實，大致上來說都是正確的報導，至少沒有謊報戰況。

『——此外，執行夏綠特市總站壓制戰的第八六機動打擊群，是由我國從舊聖瑪格諾利亞共和國保護的少年兵，通稱八六為核心人員所組成的部隊——』

沒想到連這件事都會報導，蕾娜感到很佩服，專心看著節目。

因為在共和國完全不會報導打下了什麼戰果，或是由誰打下，但這一定才是新聞本來該有的內容……

節目繼續進行，還針對八六做解說。他們是兩年前，於西部戰線受到保護的五名少年兵。節目講到祖國對他們進行的苛刻迫害，並提到共和國滅亡後，許多同樣境遇的孩子也受到保護。

節目繼續報導。然而這些孩子，卻自願前去援救過去的祖國。

「……咦？」

憑著對新祖國的忠誠，以及極其高尚的慈愛精神，勇敢的少年兵們奉獻自己的生命，解救曾經迫害過他們的舊祖國，體現聯邦的正義理念。

「什……」

真是一段高尚又具有悲劇性質，無可挑剔，哀傷而美麗的逸聞軼事。

誰聽了都會落淚、憤怒、深受感動，哀傷又甜美的故事。

塑造成賺人熱淚、感人肺腑，但也不過如此的——供人消遣的同情。

「這……算什麼……」

她很明白至少眼前的辛，或是萊登、賽歐、可蕾娜、安琪、西汀，或是她所知道的八六們，想要的都不是這種報導。

高傲不屈的他們……

明明比起一切，最討厭的一定就是像這樣，被人認定為一群可憐的小孩——……！

與蕾娜受到的打擊正好相反。「喔。」辛只是意興闌珊地應了一聲。

「自從上次大規模攻勢以來，就都是這種新聞。我們從受到保護以來就一直都是同情的對象，只不過是現在戰局惡化，加劇了這種現象而已……只要可憐我們，對共和國感到義憤填膺，聯邦人就能輕鬆享受正義與優越感，不過是如此罷了。」

雖然他本人幾乎記都不記得了，但這就跟在十一年前，對抗「軍團」兵敗如山倒的共和國民，改拿八六當成發洩怨氣的對象沒兩樣。

到頭來，只不過是歧視的形態改變了而已。

辛抬頭看著渾身發抖的蕾娜，一臉不解，如同一起走在貝爾特艾德埃卡利特時的那個純潔無垢的魔物，偏了偏頭。

「……有必要這麼生氣嗎？」

「當然！竟為了這樣，就把你們的事寫得像一場悲劇，把你們看扁成可憐人！你難道……」

蕾娜感覺渾身失去力氣，低垂著頭。恐怕就連這件事也……

「你難道都……毫無感覺嗎……逃到了另一個地方，照樣受到這種對待，但你還是……」

「……無所謂。」

口氣聽起來由衷地不感興趣。

同時聽起來，對於介意這種雞毛蒜皮小事的蕾娜，又有一點點不耐煩。

「的確並不令人愉快，但不管是可憐還是藐視我們，都不是新鮮事了……我不是說過嗎？聯邦也並不是烏托邦，跟共和國一樣，都是人類的國家。」

驀然流露出的冷酷、苛薄的笑意……

塗上了一層荒涼，以及看開的念頭，但除此之外，不知為何——又帶有近似安心的色彩。

「人類不管到哪裡，都不會有任何改變。只不過——如此而已。」

他那扭曲的笑意……其中散發的冷漠憤激與輕蔑。

跟過去在第八十六區，對白豬表現的是同一種感情。

蕾娜背脊一陣發寒。

辛──八六他們。

不只對共和國的白豬……

「辛……你覺得這個世界美麗嗎？」

沒頭沒腦的問題，讓辛露出了狐疑的表情。

「什麼意思……」

「溫柔嗎？良善嗎？……人類呢？美麗嗎？溫柔嗎？良善嗎？」

起初顯得狐疑的端正面龐，隨著蕾娜一再追問，漸次失去了表情。

蕾娜不在乎，繼續追問道：

「你能夠愛這個世界──愛人類嗎……？」

她沒有得到回答。

蕾娜看看他，露出微笑。

「我明白……不能，對吧。」

世界對他們而言，或許是美麗的。

但並不溫柔，也並不良善。

而人類──既不溫柔也不良善，甚至並不美麗。

不只是針對共和國，他們對聯邦，對人類，對整個人世間都死了心，索性將其認定為冷酷、苛薄又醜惡的東西……絕望到了無可救藥的地步。

「你不是想不起小時候的事，而是不願想起吧。不願想起失去的事物，以及遭到剝奪的事物。為的是永遠認定它們不是被人奪走，而是本來就不存在於這個世界——為了永遠認定人類就是下流。」

他們暴露在慘烈的迫害與惡意下，被關進絕命戰場，一切都在那個過程中遭到削除。家人、姓名、自由、尊嚴。當這些都被惡意之刃持續割削時，他們為了還能捍衛一份驕傲，自己割捨掉了曾經被愛的過去。

他們竟然將分明應該記得的關愛、善意、溫情、幸福，以及給過他們這些的人，從自己內心中消除了。

因為繼續記住，會忍不住心生恨意。

一旦認為幸福被人剝奪，認為人類是良善的生物，知道這些是原本該有的模樣……總有一天，他們會憎恨起眼前並非如此的世界。

會去憎恨，然後總有一天，會墮落為同樣下流的存在。

為了不要因為憎恨迫害者而墮落，連最後剩下的驕傲都失去，他們選擇堅信下流就是人類的本性。

將偶爾邂逅，向自己伸出援手的人視作品格高潔的例外，持續保住對人與世界的絕望。

所以他們什麼感覺也沒有。無論是受到侮蔑，還是侮辱。

因為歸根結柢，他們對人類，對世界，不管對善意還是正義，都沒有半點期待。

就連一線微小的希望，也不存在於他們心中——

有沒有想做的事？對於這個問題，辛至今仍無法回答。

他那時只是想表現得符合蕾娜的期望罷了。直到現在，他都還無法答出自己想要的幸福。

只是應付場面，假裝試著回想罷了。其實根本無意面對失落的過去。

「你……你們或許是走出了第八十六區沒錯。可是，你們仍然被困在那裡，仍然受到共和國，受到我們——白豬剝奪一切。」

為了不去憎恨，他們忘記了一切。

為了守住一份驕傲，不得不割捨掉其他的所有事物。

甚至連遭到剝奪的自覺也是。

所以辛——八六仍然跟待在第八十六區時一樣。只懷抱著一份驕傲，就再也不去回顧遭人剝奪、強取的任何事物。就跟置身於只有絕望的戰場，即使如此仍試著放手奔馳，待在那絕命戰場上的時候一樣。

如同待在那受到他人惡意與苛薄封鎖——周遭世界萬物全與自己為敵的，那個第八十六區的戰場。

連在他們自己的內心，都再也沒有應該回憶的昔日幸福，因此，也無從想像未來的幸福。

他們存活下來，也得到自由了。然而無論是想像將來幸福的力量，甚或是夢想著希望能夠獲得幸福的力量，都還沒能找回來。

辛仍舊不發一語，用欠缺表情的面龐，抬頭看著蕾娜。

這些話一定無法打動他。

猛禽的影子，在窗外踏上征途。

羽翼黑影就如一刀兩斷般落在兩人之間，一閃而過。

蕾娜以為與他們站上了同個戰場，終於追上了，今後可以一起戰鬥了。

但根本不是這麼回事。身在同一戰場，投身同一戰事……即使如此，自己跟他們看到的仍然是不同形像的世界，到了無可挽回的地步。

自己是共和國民，屬於剝削、剝奪他們所有的那一邊。

所以開口說出這種話，必定是一種可怕的傲慢。

蕾娜即使清楚這一點，仍然說了：

「這讓我——好哀傷。」

一顆淚珠。

就這麼沿著白瓷般的臉頰滑落。

敵人是共和國。

刻劃在他們八六內心的，共和國的暴行留下的爪痕——對世界本身過於深切的絕望，才是我的……並且恐怕也是他們的最大敵人。

——芙拉蒂蕾娜·米利傑《回顧錄》

後記

游擊部隊真的很燃對吧！大家好，我是安里アサト。

跨越敵軍防衛線，強襲、壓制重要據點，還是祕密武器什麼的少數精銳部隊！真的很帥氣吧！所以這次我試著以辛等八六編組了一隊，其名為第八六獨立機動打擊群（Strike package）！編號大概是聯邦軍高層部門的玩笑話或是啥的。

本來想說趁此機會也想讓專用的空中戰艦之類的登場，可惜憑作品當中的技術水準實在辦不到，而且航空兵器會被封殺。可恨的「軍團」。是說阻電擾亂型真的太礙事了。

是說，「Strike package」其實跟原本的意思有點出入，就容我以用語的帥氣度為優先吧。

言歸正傳，感謝各位一直以來的支持。為各位獻上《86》的第四集〈—Under pressure—〉！這是輕鬆的一集，真的是輕鬆的一集喔！他跟她卿卿我我到前面三集的氣氛都蕩然無存了，全給我爆炸去吧！可惡啊！

話說回來，有個用來比喻故事發展的成語，叫作「先甘後苦」。

沒什麼，只是隨便說說而已。

・這次的戰場

與其說是地下鐵，應該說是地下鐵總站。塞滿了我以前在新宿車站、大手町車站與東京車站迷路到亂七八糟的怨恨。現在還是照樣迷路就是了。出口跟路線太多了啦……！

還有，既然使用了個子矮的多腳機，就會想來打一場個頭總是很高的人型機器人難以伸展的地下隧道戰看看嘛。

・關於體溫較高的橋段

其實那完全是我弟弟（高中～大學時的體脂肪率是個位數）的故事。成分幾乎全是肌肉的人體，光是靠近就會覺得很熱喔。一問之下，他竟然說正常體溫三十七度。體育健將超猛的。

我想辛大概平時體溫也很高，建議蕾娜在寒冷的冬季可以抱住他取暖……不過我看這兩個人大概沒辦法。

最後是謝詞。

責任編輯清瀨氏、土屋氏，這次又承蒙兩位給予各種指正與建言。兩位推薦我當成參考或放鬆心情的那些東西，我差不多會開始看了。

這次角色又暴增了，真是對不起，しらび老師。還有這次終於看到蕾娜小姐的那種模樣了呢……！

為了避免劇透，我就先不說名稱了，但總之那個真的有夠帥氣啊，I—Ⅳ老師。自走地雷的姿勢設定，要是能用在小說正篇裡就好了……！我會找個機會用上。

然後終於開始連載漫畫版了呢，吉原老師。我每次都看得很興奮，戰鬥場面好有魄力，小說這邊也會繼續努力，不輸給漫畫的氣勢喔！

然後是賞光買下本書的您。謝謝一直以來的支持。

小時候看的童話故事都是只要打倒壞魔女，救出公主，就是快樂結局。但只要打倒大魔王，讓悲劇告終，從苦難中獲得解脫，一個人真的就能獲得幸福嗎？明明受到的傷害都還沒撫平啊？

這個由只知道戰場的少年少女們交織而成，名為《86—不存在的戰區—》的故事。

接下來，將會邁入迎向快樂結局的下一步。

那麼，願本書能暫時將您帶往短暫喘口氣，在重逢中小憩的戰士們身邊，以及在地底，與記憶黑暗深淵對峙的他與她的身旁。

後記執筆中BGM：Raise your flag（MAN WITH A MISSION）

參考文獻：《軌道回廊》（德川弘樹）、《透明標本》冨田伊織

重裝武器 1~12 待續

Kadokawa Fantastic Novels

作者：鎌池和馬　插畫：凪良

這次的舞台是地中海上的人工浮島！
今年果然也是比基尼啊——！

這次第三七修護大隊的任務是要與情報同盟ELITE「呵呵呵」攜手擊墜朝著避暑聖地直衝而來的衛星空投武器「超新星」。這時新加入的夥伴是十二歲的ELITE，凱瑟琳．藍天使。卻碰上料想不到的狀況，事態急轉直下，漫長七日也就此揭開序幕——

各 **NT$180~280/HK$50~85**

青春豬頭少年
不會夢到
嬌憐外出妹
鴨志田一
插畫◎溝口ケージ
Kadokawa Fantastic Novels

刀劍神域外傳GGO 1~6 待續

Kadokawa Fantastic Novels

作者：時雨沢惠一　插畫：黑星紅白

與SHINC約好的再次對決，
卻演變成最強NPC的威脅！

第三屆SJ的死鬥之後大約一個月。一封電子郵件邀請函寄到了全國各地的SJ玩家身邊，邀請眾人遊玩只有歷屆大會前幾名隊伍才能參加的新遊戲「20260816遊戲測試」。這宗旨與SJ完全不同的遊戲，任務是攻略搭載最新AI的敵人NPC所防守的「據點」——

各 **NT$250~320/HK$75~98**

支倉凍砂
插畫◆上月一式
月界金融末世錄
WORLD END ECONOMiCA
3
PRESENTED BY
ISUNA HASEKURA
Kadokawa Fantastic Novels

瓦爾哈拉的晚餐 1~5（完）

Kadokawa Fantastic Novels

作者：三鏡一敏　插畫：ファルまろ

正面挑戰詛咒命運——
「輕神話」奇幻作品迎來最高潮！

我是山豬賽伊！在上一集我的祕密終於揭曉。原來我是會對所見之物激發占有欲，並會殺害得手者的詛咒戒指……幸好目前詛咒還沒有發動的跡象。而且這種時候往壞處想也無濟於事！我的優點就只有精力充沛和死後復活而已！可不能在這時灰心喪志啊……！

各 **NT$180~220/HK$55~68**

新約 魔法禁書目錄 1~19 待續

Kadokawa Fantastic Novels

作者：鎌池和馬　插畫：はいむらきよたか

濱面被牽扯進某樁犯罪案件，上条則被亞雷斯塔纏上。
分別面臨絕境的兩人，究竟該如何解圍？

濱面發現自己從頭到腳都裹在貼身的特殊服裝裡，他被迫與一方通行為敵，又在途中救了被人棄置路邊的小嬰兒。嬰兒手腕的名牌上刻著L開頭的六個字母……另一方面，上条則身陷絕境，他遭遇不知為何化為極致美少女的亞雷斯塔逆向性騷擾……？

各 **NT$180~300/HK$50~90**

國家圖書館出版品預行編目(CIP)資料

86-不存在的戰區. Ep.4, Under pressure / 安里アサト作 ; 可倫譯. -- 初版. -- 臺北市 : 臺灣角川, 2018.12
面 ; 公分
譯自 : 86―エイティシックス. Ep.4, アンダー・プレッシャー
ISBN 978-957-564-613-4(平裝)

861.57 107017996

Kadokawa
Fantastic
Novels

86—不存在的戰區— Ep.4
—Under pressure—

（原著名：86—エイティシックス—Ep.4—アンダー・プレッシャー—）

2018年12月6日 初版第1刷發行
2024年6月17日 初版第16刷發行

作者：安里アサト
插畫：しらび
機械設計：I-IV
日版設計：AFTERGLOW
譯者：可倫

發行人：台灣角川股份有限公司
總監：呂慧君
總編輯：蔡佩芬
主編：林秀儒
編輯：高韻涵
設計指導：陳晞叡
美術設計：莊捷寧
印務：李明修（主任）、張加恩（主任）、張凱棋、潘尚琪

發行所：台灣角川股份有限公司
地址：104台北市中山區松江路223號3樓
電話：（02）2515-3000
傳真：（02）2515-0033
網址：www.kadokawa.com.tw
劃撥帳戶：台灣角川股份有限公司
劃撥帳號：19487412
法律顧問：有澤法律事務所
製版：巨茂科技印刷有限公司
ISBN：978-957-564-613-4